怪物大師
MONSTER MASTER
幻惑的荊棘王座
U0108957
中華教育

怪物大師人物介紹

CHARACTERS INTRODUCTION

A STORY ABOUT LOVE AND DREAMS

布布路

關鍵詞：
單細胞動物、樂觀、熱血

從小與守墓人爺爺一起生活在墓地，因為父親的各種負面傳言，一直受到村裏人排擠，但布布路從不自卑，內心深處相信自己的父親是一位了不起的人物。為了實現自己的夢想以及尋找失蹤父親的消息，他毅然離開家鄉，前往摩爾本十字基地，參加怪物大師預備生的試煉。

賽琳娜

關鍵詞：
大姐頭、敏捷、愛財

出生於商人世家的大小姐，卻一點都沒有大小姐的架子，與布布路一樣來自「影王村」，個性豪爽，有點驕傲，對待布布路一視同仁，從不排擠他，只因為她更在乎的是推廣家裏的生意。賽琳娜的目標是收集世界上所有類型的元素石，並熟練掌握這些元素石的運用。

帝奇·雷頓

關鍵詞：
豆丁、酷、毒舌

臉上總是掛着陰沉表情的瘦小男生。帝奇的存在感薄弱，不注意看的話就找不到人了，但是他身邊跟着一隻非常招搖拉風的怪物——成年版的「巴巴里金獅」。對於是非的判斷他有自己的準則，不太相信別人，性格很「獨」。

餃子

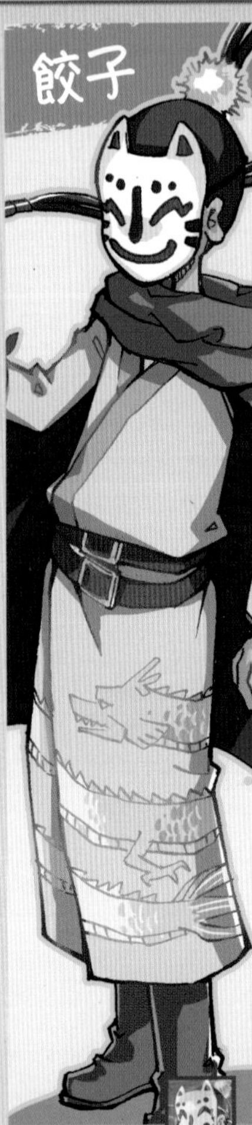

關鍵詞：
狐狸面具、神祕、圓滑

在去往摩爾本十字基地的路上，勾搭認識上布布路，戴着狐狸面具，看不出喜怒哀樂，從聲音來聽，似乎總是笑嘻嘻的，高調宣揚自己身無分文，賴着布布路騙吃騙喝，在招生會期間對布布路諸多照應。

冒險、正義、財富、祕寶、名譽……

富有志向的人們啊，

用心發出聲音吧，

召喚那來自時空盡頭的怪物，

賭上所有的「夢想」、「勇氣」、「自尊」，甚至「性命」，

向着成為藍星上最傳奇的——怪物大師之路前進吧！

——《怪物大師》題記

MONSTER MASTER

【目錄】CONTENTS
《幻惑的荊棘王座》

Especially written for kids aged 9 — 14（專為9-14歲兒童製作）

MONSTER MASTER
「怪物大師」無盡的冒險
Illusive Throne in Thorn

● 第十三部 ● 幻惑的荊棘王座

怪物大師最愛珍藏

SECRET GAME
MONSTER WARCRAFT
隨書附贈「怪物對戰牌」

穿透文字的「堅強」與「感動」！

DREAM ADVENTURE COURAGE FRIENDSHIP

夢想+冒險+勇氣+友誼

「怪物」與「人類」、「勇氣」與「挫折」、「信仰」與「背叛」、「戰鬥」與「思考」……是心靈的冒險，還是意志的考驗？
請與本書的主人公一同開啟奇幻之門，一起去追尋人生中最珍貴的夢想吧！

把世界的謎團串起來！
MELODIES OF LIFE

這裏是獨一無二的腦細胞幻想地帶，孩子們其樂無窮的樂園。
每部一個練膽故事，它們以神祕莫測的魔力，俘虜着人們的好奇心。
有人說，唯一的抵抗方法，就是閱讀——
請翻開這本書吧，讓人心動的世界正在向你招手……

愛與夢想的「新世界冒險奇談」！

引子

駭人聽聞的故事

MONSTER MASTER 13

天剛蒙蒙亮，北之黎的早市就開張了。

來自各地的小商販將最新鮮和上好的貨品擺放出來，前來採購的人則精心地貨比三家，討價還價，採買生活必需品。賣早點的攤位也冒出香噴噴的熱氣，吸引着食客的光顧。

不過，對於很多北之黎的百姓來說，除了採購物品和吃一頓豐盛的早餐之外，早市還有一個更重要的功能，那就是搜羅過去一天在藍星各地發生的奇聞異事。

這不，一個小貨攤前，不知不覺聚攏了一大批聽客，人們一個個豎起耳朵，好奇地聽那個從外地來的貨郎講述着最近發生的一起駭人聽聞的故事：

在北之黎附近的一座小城裏，一位有錢的老爺在一次外出辦事回來後，突然性情大變，整天把自己關在臥房裏不肯出來見人。家人對此諱莫如深，只有他的妻子每天按時將一日三餐送進那間上了鎖的臥房。

但僕人們卻發現，那些飯菜是怎麼端進去的，就會怎麼端出來，根本沒有人吃。

一個女僕十分好奇，偷偷順着臥房的窗縫往裏瞧，只看到房間裏黑漆漆的一片，散發出一股怪異的氣味。女僕還聽見，那張被厚重的棉布簾遮擋得嚴嚴實實的牀榻裏，發出一陣陣古怪而微弱的聲響，就像是一個人被堵住嘴巴時從喉嚨裏發出的沉悶呻吟。

就在這時，一陣古怪的風將窗簾吹起一角，順着撩起的窗簾，女僕赫然看到牀鋪中露出一雙惡狠狠的血紅色眼睛，女僕當即慘叫一聲，嚇暈了。之後，再也沒有僕人敢經過那間臥房了。

兩天前的深夜，那間上了鎖的臥房裏突然傳出巨大的撞擊聲，等到家人和僕人們聞聲趕到，就看到房門洞開，房間裏一片狼藉，牀鋪上散落着被掙斷的繩子，地上留下一串觸目驚心的血腳印，那腳印歪歪扭扭，一路向着後花園的方向延伸而去。

等到僕人們順着腳印來到後花園，一幕更令人心驚肉跳的場面把所有人嚇傻了——

那位有錢的老爺正趴在水井邊上，貪婪地將頭塞進裝滿水的水桶裏喝水，他的腹部被撐得渾圓，就像一個快要破掉的氣球，可他卻渾然不覺，只是在大口吞咽的間隙，含混不清地嘟囔道：「好渴啊，我好渴啊，我要喝水，我要喝更多的水！」

更讓人毛骨悚然的是，隨着有錢老爺的瘋狂飲水，他全身的毛孔竟也在源源不斷地冒出猩紅色的汗水，令人觸目驚心。汗水浸透他的衣物，順着衣服的下擺滴滴答答淌到地上……

故事講到這裏，貨郎聳聳肩膀，故弄玄虛地對聽客們說：「想知道那位有錢老爺接下來的命運如何嗎？那就從我的貨攤上買一件商品吧！」

人們發出不滿的噓聲，不約而同地將這個故事當成是貨郎促銷商品的手段。很快，大批的聽客三三兩兩地散去了，似乎並沒有人把這一切當真……

新世界冒險奇談

第一站 STEP.01

被迫退學的同伴

MONSTER MASTER 13

頭條新聞！罹患怪病的政商名流

「哇哇哇，不好意思，讓一下，麻煩大家讓一下！」

隨着一陣中氣十足的叫聲，咣噹一聲，摩爾本十字基地的餐廳大門突然被人從外面粗魯地撞開，一個背着棺材的奇怪少年心急火燎地衝進來，像腳踩西瓜皮一樣「滑」到餐桌邊，一把抱起沉重的大木水桶，仰起頭咕咚咕咚牛飲起來。

很快，一大桶水被他喝了個底朝天！

喝完水，少年滿足地打個飽嗝，用袖子一抹嘴，笑嘻嘻地橫穿餐廳，朝着坐在餐廳角落裏那三個熟悉的身影走去。

「我的媽呀，又是他，這個惡魔之子！」

「噢，他碰到我了，我要倒大霉了！」

「救命啊！」

一路上，少年周遭的預備生全都發出驚恐的尖叫，每個人都像躲避洪水猛獸一般對少年避之不及，爭先恐後地逃命。一眨眼的工夫，原本人聲鼎沸的餐廳人去樓空，只剩下角落裏的兩男一女。

看着靠近的少年，三人也不禁呆住了。

尤其是其中那個戴着狐狸面具的少年，他激動地跳到椅子上，伸出的手指痙攣般顫抖着，指着背棺材的少年大吼道：「等等！布布路你別過來！」

而金髮少女和矮個兒少年臉上的表情也為之一變，好像看到了甚麼令人厭惡的東西一般。

一貫不畏人言的布布路在看到同伴們赤裸裸的厭惡眼神後，眼前竟不由得星光閃爍，委屈地癟着嘴說：「餃子，你為甚麼吼我啊？還有，大姐頭和帝奇，你們看我的眼神怎麼怪怪的，我又做錯甚麼事？」

面對布布路的質疑，三人不約而同地將目光投向餐桌上那張《新琉方日報》。

只見頭版頭條的位置上赫然刊登着一行聳人聽聞的標題：

琉方大陸各地爆發不明疫情，政商名流紛紛罹患怪病！

「你快看！」被喚作大姐頭的金髮少女賽琳娜將報紙扔給布布路。儘管不明白報紙跟自己被大家厭惡有甚麼關係，布布路還是聽話地仔細閱讀起詳細內容：

近日，各地的政商名流圈中，陸續爆發一種怪病，患者的症狀十分離奇，他們先是莫名地覺得口乾舌燥，每天需要喝下比正常人多出數倍的水。但那些喝下去的水不一會兒的工夫就會順着毛孔以汗液的形式排出體外。讓人觸目驚心的是，這些汗都呈現血紅色！

隨着症狀的加劇，正常飲水已不能滿足病患的需求了，他們的身體開始凋零，像是被連根拔起後丟入荒漠的植物，皮膚和肌肉嚴重萎縮……不過短短幾天，原本健康的人就變成風乾的臘肉一般，慘不忍睹。

突發的怪病引起專業醫療機構的重視，經過診斷和分析，官方將這種病症暫時命名為「血汗飢渴症」。另外，患者雖然都是各地的政商名流，但經過調查，這些人在患病前彼此並無往來和接觸，暫時排除因人際傳染而造成爆發大規模疫情的可能性。

目前病因還在進一步調查中，醫療機構呼籲大眾百姓，要注意日常飲食安全，養成良好的個人衛生習慣，防患於未然……

看了半天，布布路還是不明白這篇報導跟他有甚麼關係。

他淚眼婆娑地看着三個同伴，哀號道：「究竟發生甚麼事了？」

餃子舉起一面鏡子，直直地對準布布路，一看之下布布路自己也嚇了一跳，原來他臉上、手上，竟然佈滿血紅色。

他剛才不僅一口氣喝掉一大桶水，而且全身上下還覆着一層紅色的液體……這分明是跟報導中那些罹患「血汗飢渴症」的人的症狀一模一樣！

難道自己得了這怪病？可是自己沒有哪裏不舒服啊……

布布路撓了撓腦袋，恍然大悟般向大家解釋道：「我想起來了，這都要怪四不像！它剛剛溜進廚房，想偷喝須磨導師釀的樹莓果汁，幸好我及時抓住了它。結果，它沒喝到果汁惱羞成怒，一爪子把我拍進釀果汁的大缸裏，搞得我全身都被染紅了。我好不容易從缸裏爬出來，被聞聲趕來的須磨導師撞了個正着，他提着兩把菜刀，追着我和四不像繞着基地狂跑八圈！四不像半路狡猾地躲到棺材裏去了……最後我總算把須磨導師甩掉了，就口乾舌燥地來餐廳找你們……」

原來是烏龍一場，聽完布布路的解釋，賽琳娜滿頭黑線。

「笨蛋！」帝奇照例用鄙視的眼神看着布布路，不過仔細看就會發現他的嘴角其實帶着一絲笑意，因為一早起來就繞着基地跑了八圈，還這麼精力旺盛的人也只有布布路了吧。

突如其來的訪客

「四不像真是越來越不像話了，害得布布路連早飯都耽誤了，快喝點牛奶。」餃子見風使舵的本領出神入化，立即滿臉堆笑地攬着布布路，「我早就知道你不可能得那種怪病，因為得病的都是大人物嘛，我們布布路可和那些政商名流沒有半盧克關係，啊哈哈哈！」

賽琳娜和帝奇也將自己剩下的早餐推到布布路面前。

布布路絲毫不嫌棄地接過大家遞來的食物，大口吞咽起來。

這時，一個人影緩步走進空蕩蕩的餐廳。

來人身材算不上魁梧，甚至有些瘦弱，但卻散發着難以言喻的壓迫感，隨着他的靠近，大家感覺到一股無形的壓力呼嘯而來，彷彿他的周身有一股洶湧的氣流在旋轉。只是短短一瞬間，餐廳的空氣變得猶如石頭般沉重，讓人呼吸困難。

那強大的氣場讓大家本能地意識到來人不是泛泛之輩，只是，一大早，甚麼人物會特意來光顧摩爾本十字基地的食堂呢？布布路他們心中的不安莫名湧動起來。

「好久不見！」那人停在帝奇面前，如同地獄業火般的懾人的紅眸居高臨下地看着他。

「哥哥……」帝奇渾身一震，眼睛裏掠過一絲不易察覺的驚慌。

哥哥？難道這個人就是尤古卡·雷頓？布布路三人大驚，賞金王·雷頓家族的實權者怎麼會突然到摩爾本十字基地來了？而且有科森翼龍這個無敵門衛在，這個人怎麼就進來了？

「我找你有事！」尤古卡並不理會其他人瞪得比皮球還圓的眼睛，將帝奇拽離座位。

「我自己走！」帝奇掙脫哥哥的手，恢復成一貫的撲克臉，冷冷地說，「我們去會客室聊。」

「帝奇……」布布路疑慮地看着帝奇離去的背影，不知為何，帝奇的步伐看起來沉重極了。

察覺到同伴們的擔心，帝奇回頭擺擺手，就像在對大家說：「沒關係，我去去就來。」

回想起來，每次提到尤古卡，帝奇總是露出意味深長的不適感。

布布路、餃子和賽琳娜三人不安地對望一眼，默契地想到了一塊兒——跟上去瞧瞧！

尤古卡和帝奇進入會客室已經好一會兒。

會客室房門緊閉，不知道他們在聊些甚麼，布布路緊張地用口型詢問：「帝奇和他哥哥在聊甚麼啊？不會吵架吧？」

餃子忙擺擺手，示意布布路別着急，再等等。

可誰都沒想到這一等竟然就是數小時……

眼看就要正午了，這也太久了吧？

「布魯布魯！」肚子餓了的四不像不耐煩地從棺材裏鑽了出來，跳到布布路頭上，用爪子猛撓他。

「哎喲！」布布路吃痛，一個跟頭撞開了會客室的大門。

出乎大家意料的是，會客室裏竟然空空蕩蕩的，一個人都沒有。

三人惴惴不安地走進會客室，只見一張寫着幾行字的白紙被一枚飛鏢釘在牆上。一看到紙上的內容，大家的臉色驟變，因為那竟然是一張退學申請書。

監護人的簽名欄上已簽好尤古卡·雷頓的名字。

「帝奇退學了？不可能，一定是他哥哥強行把他帶走的！」賽琳娜不相信地說。

「我們得去把帝奇追回來！」布布路一縱身跳上窗台，就要奪窗而出。

「慢着！」一個冰冷卻毋庸置疑的聲音喝住了布布路的魯莽舉動，白鷺導師不知何時出現在了三人身後。

「你不是尤古卡．雷頓的對手。」白鷺導師一把將布布路從窗台上拉下來，「你們三個跟我去院長辦公室，尼科爾院長有新任務要派給你們。」見布布路一副不甘心的樣子，白鷺導師又加重聲音補充道，「據我所知，這個任務剛巧和賞金王．雷頓家族有關。」

「和賞金王．雷頓家族有關的新任務？」餃子狐狸面具下的眼睛閃出精光，狐疑地看着白鷺導師，從剛才他出現在大家身後的時機來看，他極有可能一直都在會客室門口附近，「難道您是故意放任尤古卡帶走帝奇的嗎？」

白鷺導師並不回答，只是揚手催促道：「見了院長你們自然就知道了。」

新世界冒險奇談

第二站 STEP.02

雷頓家族的神祕領地

MONSTER MASTER 13

非同小可的新任務

幾分鐘後，布布路三人來到院長辦公室，除了有着「不死老者」稱號的尼科爾院長之外，院長室裏還站着黑鷺導師。

「你們看過今天的《新琉方日報》了嗎？」尼科爾院長開門見山地問。

三人忙點頭。

「那你們應該都知道『血汗飢渴症』的事了？」尼科爾院長摸摸白鬍子，面色嚴峻地說，「事實上，這件事還有報紙所不能公開的後續，那些罹患怪病的政商名流，最後全都離奇失蹤了，在他們失蹤的房間裏，只留下一團古怪的炙熱血霧。」

「血霧？您的意思是他們都化成血霧了嗎？」布布路緊張地問道。

「前去調查的怪物大師有這樣的猜測，但無法得到確鑿證據。因為即使他們派人近距離看守着病患，但只要一眨眼或是一個轉身的工夫，那些病患就會立即消失。」尼科爾院長語氣凝重地說，「經過調查，管理協會終於找出這些病患的一個不為人知的共同點，那就是 —— 他們近期都曾委託賞金王．雷頓家族任務！」

「所以，現在管理協會懷疑雷頓家族和這起事件有關？」賽琳娜緊張地問，「莫非那些人委託雷頓家族的任務有甚麼奇怪之處？」

「不不，作為各地有名望的政商名流，他們委託的都是些保衛和押運的普通任務。」尼科爾院長直言不諱，「不過，也正是因為這些任務沒有異常，又考慮到這些人在當地的聲譽，管理協會才不便公開進行調查，而雷頓家族的領地也不是隨便就能進入的，因此管理協會正在苦惱。值得注意的是，最近幾天，雷頓家族分散在藍星各處的成員不知為何都集結起來，回到了雷頓家族的城堡，這是近十年來都沒發生過的事情，就像有甚麼大事即將發生一樣！而更沒想到的是，雷頓家族實權者尤古卡親自出現，帶走了入學以來一直沒有跟家族聯繫過的帝奇……」

「這麼說，不管雷頓家族跟『血汗飢渴症』有沒有關係，有一點可以肯定的是，雷頓家族正全員集結，準備幹甚麼……」

餃子突然想到了甚麼，面具後的狐狸眼靈光一閃，「而這次的退學事件，正好可以成為進入雷頓家族調查真相的藉口。」

「沒錯，」尼科爾院長揮了揮那張退學申請書，老謀深算地說，「我這次要委派你們的任務就是，以『沒有本人簽名的退學申請書是無效的』這個理由，前往雷頓家族的領地，把帝奇帶回來，『順便』探聽有關『血汗飢渴症』的線索！」

「最後……」尼科爾院長頓了頓，加重語氣補充道，「這次的任務，將由黑鷺帶着你們三個前去執行。」

由黑鷺導師帶隊執行任務？這可是他們第一次有導師帶隊！布布路三人對視一眼，立刻明白尼科爾院長那「順便」執行的任務是何等重要了。

布布路鄭重其事地從院長手中接過那張「無效的」退學申請書。

賽琳娜握緊了拳頭，連餃子都破天荒地沒跟院長計較這次任務的獎勵學分，因為對於布布路三人來說，不論雷頓家族和「血汗飢渴症」事件有甚麼牽連，他們都一定要把帝奇安然無恙地帶回來！

吞噬城池的暗黑森林

從院長辦公室出來，心急如焚的布布路三人和黑鷺導師一刻也不敢耽擱，立刻出發了。

賽琳娜駕駛着甲殼蟲飛一般行駛在去往雷頓家族領地的公路上。黑鷺導師打開隨身地圖，眉頭緊鎖地認真研究起來……

因為暈車，餃子病懨懨地歪頭昏睡，布布路倒是閑得很無聊，湊到黑鷺導師身邊搭訕道：「黑鷺導師，你好像很煩惱的樣子，是看不懂地圖嗎？」

「你才看不懂地圖呢！」黑鷺導師暴躁地推開布布路越湊

越近的腦袋，「我是在想，我們該怎麼進入雷頓家族的領地。賞金王・雷頓家族的城堡位於一座讓人聞風喪膽的暗黑森林中，森林裏一條路都沒有，如果沒人領路，根本別想順利抵達！」

「這個應該沒問題，」餃子的眼皮無力地睜開一條小縫，說道，「我們可以想辦法弄台飛行器，從空中進入。」

「從空中進入？你想得太簡單了！」黑鷺導師毫不客氣地否定餃子的提議，「如果那麼輕易就能繞過暗黑森林，賞金王・雷頓家族的神祕性何在？」

「噢噢，好像很厲害的樣子！」布布路好奇地眨着眼睛，「黑鷺導師，那座暗黑森林有甚麼了不得的地方嗎？」

「那是一座禁忌森林，關於它的傳言數不勝數，甚至有人說森林具有可怕的魔性……喂，你們這幾個傢伙，不要告訴我，你們和帝奇做了這麼久同伴，對於他家的事一點都不了解！」黑鷺導師瞪着眼睛，匪夷所思地質問道。

布布路和餃子一臉茫然地搖着頭，開甲殼蟲的賽琳娜的頭似乎也尷尬地搖了兩下。

「好吧，至少你們還算坦誠。」黑鷺導師「服氣」地深吸一口氣，壓住內心想要捶人的衝動，給布布路三人介紹道，「很久以前，那裏還不是暗黑森林，而是一個名叫『琅晟』的古國的皇城。琅晟土地肥沃，國力強盛，百姓過着富裕而安康的生活……但就在幾百年前，不知發生了甚麼變故，瘋長的暗黑森林一夜間吞噬了那片土地，琅晟也因此慘遭滅國！」

說到這裏，黑鷺導師像想起了甚麼可怕的事情一般倒抽了口氣，壓低聲音繼續道：「那座可怕的森林就如同它的名字一樣，沒有光亮，也沒有一絲綠意，更沒有活物，簡直就是一座巨大而不見天日的虛空黑洞，就連一隻鳥不小心經過森林的上空，也會被瞬間吸入其中，成為滋養黑暗土壤的養料。至於那些妄想乘坐飛行器從空中進入森林的人，他們的下場就可想而知了。」

聽完黑鷺導師的話，餃子額頭上冷汗涔涔，嘴角也不禁抽搐起來，想不到雷頓家族的城堡竟坐落在這麼危險的地方。

只有布布路樂觀地笑着說：「沒關係，要是我們被困在森林裏，帝奇一定會來救我們的。」

餃子沒作聲，他可不像布布路那麼天真。帝奇是被尤古卡強行帶走的，恐怕他現在自身都難保，更別提救人了，這次任務看來困難重重啊……

寸步難行的禁忌之地

天幕漸暗，眼看太陽就快落山，一路飛馳的甲殼蟲終於停下來，前方的道路消失了，一座黑壓壓的森林赫然出現在大家眼前，這就是讓人聞之色變的暗黑森林——

森林中生長着遮天蔽日的巨大樹木。近看之下，大家才明白黑鷺導師所言非虛，這裏所有的巨樹都光禿禿的，寸葉不生，粗壯而漆黑的樹身上佈滿細小的尖刺，更為詭異的是，每棵樹都沒有枝幹，樹幹不斷地向上瘋長，越往高處就越細，其頂部尖銳如錐，如同成千上萬根筆直插入天空的黑色巨刺！

密密麻麻的巨木之間，只勉強留出一條條狹窄的空隙，甲殼蟲無法繼續前行，只能徒步進入森林了……

森林中漆黑一片，密不透風，大家艱難地在樹幹的縫隙間鑽來鑽去，很快就汗流浹背了。更令人頭疼的是，隨着深入森林，樹木間的縫隙變得越來越窄了，即使側着身子也難以通行，一行人只能東拐西拐地四處找路，迂迴前進。

可沒過多久，迂迴前進的策略也行不通了，樹木與樹木挨得更加緊密，完全沒路可走了。

餃子托着腮沉吟道：「看來只能強攻了，布布路！」

「好嘞！」布布路點點頭，一咬牙，雙手撐開前方幾乎是緊貼在一起的兩棵黑色巨樹，打算用蠻力讓大家通過。

「啊！」不料布布路才剛一用力，奇怪的事情發生了，兩棵巨樹突然動了，堅硬的樹幹竟然像蛇一樣蠕動起來！

布布路忙警惕地縮回手。

轉眼間，兩根粗壯的黑色樹幹呈雙螺旋狀擰扭在一起，而且越擰越緊……就像兩條猙獰飢渴的巨蟒，相互纏繞着對方……

大家目瞪口呆地看着眼前這根巨大的「巨樹麻花」，這是怎麼回事？

啪！幾秒鐘後，兩根樹幹的纏繞終於達到極限，瞬間崩開了，粗壯的樹幹像兩根蓄滿力的彈簧一般狠狠地朝四周抽過來，樹梢末端劃破空氣發出劈里啪啦的響動。

「當心！」大家急忙閃

躲，在有限的空間裏擠成一團。

「不好了！」慌亂中，布布路大聲叫道。

不知不覺間，四周的所有黑色巨樹全都蠕動起來了，像是無數條豎立起來扭動的巨蟒，它們時而緊緊纏繞成一團，時而彈射着分開，令人眼花繚亂，並製造出隆隆巨響。

「哇哇哇！」在樹幹的瘋狂舞動和夾擊下，大家尖叫着閃躲如同皮鞭一般揮舞着的樹梢，生怕一不小心就被抽得皮開肉綻又或者被捲入其中，被扭成可悲的「人體麻花」……

「媽呀，我的辮子！」餃子剛氣喘吁吁地躲開一根樹幹，後腦勺便傳來一陣刺痛，他的辮子被一團亂麻一樣的樹幹給「咬」住了。

布布路連滾帶爬地撲過來幫餃子扯辮子，結果反被一根彈射而來的樹幹連抽了幾下，手臂和身上頓時火辣辣地疼。

「布布路，餃子，小心！」賽琳娜一面應付着幾根纏着她不放的樹幹，一面焦急地叫道。

黑鷺導師沉着臉大喝一聲，一個箭步衝上前，一手拽出餃子，一腳踢飛抱頭亂竄的布布路。在三人身後，一根有如小山般的黑色巨木橫掃而至，如果大家再晚半步，就要被碾成肉餅……

在巨樹的猛烈攻擊下，四人在森林裏狼狽地逃命，上躥下跳，左躲右閃，前進，後退……

沒一會兒的工夫，大家徹底繞暈了，誰也分不清東南西北了。

MONSTER MASTER +LOVE & DREAMS+

這是成為怪物大師的必經之路!!!

尊敬的讀者：現在你跟隨布布路一起踏上了成為怪物大師的道路！向所有的困難發起挑戰吧！

同伴默契度測試

請問帝奇心中最想超越的人是誰？

A. 布布路· 布諾· 里維奇
B. 霍特· 雷頓
C. 尤古卡· 雷頓
D. 尼科爾院長

答案在本頁底部，答對得 5 分，你答對了嗎？

■即時話題■

餃子：說到我最想超越的人，就近期來看，應該是阿不思！他可是我在十字基地裏的首要勁敵！

帝奇：我看對方未必把你放在眼裏！

餃子：……

賽琳娜：我的志向是超越阿爾伯特！

餃子：呃……有夢想總是好的！

賽琳娜：……

布布路：我要超越爸爸！現在就是因為我實力不足，才找不到爸爸……嗚嗚，爸爸，你在哪裏啊？我好想見你，我好想知道你為甚麼在食尾蛇……

其他三人：你 —— 走 —— 開！就算你很難過，也不許拿我們的衣袖當手絹！

完成這個測試後，你可以鑒定自己與四位主角的默契程度。
測試答案就在第十四部的 215 頁，不要錯過哦！

新世界冒險奇談

第三站 STEP.03

有去無回的金色旋渦

MONSTER MASTER 13

事態嚴重！遇難的黑暗潛行者

四周都是黑黢黢的狂躁扭動着的樹枝，賽琳娜看着被撞得粉碎的指南針，煩躁地嘟囔道：「這下可糟了……」

「在這鬼地方迷路，必死無疑啊！」餃子拉下半截面具，試着將意志力集中在額頭上的第三隻眼上，可奇怪的是，整座森林似乎被黑色的瘴氣環繞，根本看不到前進的通路。第三隻眼的力量在這座暗黑森林的環境之中顯得格外虛弱。

一籌莫展之際，黑鷺導師比出「噓」的動作：「我好像聽到奇怪的聲音了。」

「有甚麼東西在響，」布布路的耳朵警覺地動了動，自信地指出方向，「在那邊！」

三人在布布路的指引下，緩慢而艱難地靠近聲音的來源……終於，大家在一片被砍砸得亂七八糟的樹幹後，發現了一台單人飛行器的殘骸。

飛行器的機身被擠得支離破碎，只有雷達系統還在發出嘀嘀嘀的微弱求救信號。

「從錶盤停止的日期來看，飛行器應該是三天前撞毀的。」餃子拾起損壞的儀錶盤，凝眉分析道，「機身損毀得這麼嚴重，裏面的人恐怕凶多吉少……」

「可是附近並沒有遇難者的痕跡啊？」布布路疑惑地說。

黑鷺導師不動聲色地拆開雷達系統，從裏面拿出一個黑色小盒子，沉聲給布布路三人解釋道：「這是飛行資料記錄器，外殼是由耐高溫和撞擊的礦石打造，很難損壞，也許能為我們提供一些線索，它……」黑鷺導師的聲音突然頓住，只見在記錄器底部的隱藏凹槽裏，赫然標有「DK」的字樣！

「這是黑暗潛行者的飛行器？」賽琳娜吃驚地說，「他們也在對雷頓家族展開調查嗎？」

「很有可能，」黑鷺導師點點頭，「黑暗潛行者雖然隸屬怪物大師管理協會，但卻是獨立運作的部門，並不需要向協會匯報行動。」（黑暗潛行者，怪物大師管理協會暗部，簡稱 DK，詳見《怪物大師·黑暗的破壞神之甲》）

可是，就連黑暗潛行者都遇難了，恐怕尼科爾院長也沒想到吧，所以才會派我們來執行這次任務。大家看着地上那堆支離破碎的殘骸，心臟不由得加速跳動起來。

「大家小心！」突然，布布路感覺到一股異樣的輕微震動從地面傳來，有着野獸般靈敏直覺的他大喝一聲，一把扯住賽琳娜大步後退，黑鷺導師也拉起餃子，騰空向前躍去。

轟的一聲巨響，彷彿有一道無形的力量，猝然將一行人剛剛站立的地面拉扯開一條深不見底的巨大裂縫，那裂縫如同地底深淵的怪獸咧開醜陋怪異的血盆大口，一口將那台千瘡百孔的飛行器吞了進去，飛行器頃刻間碎為粉末。

「媽呀！這是怎麼回事？」看着地上那道憑空出現的巨大裂縫，餃子渾身汗毛倒豎。

大家被這突如其來的一幕驚呆了。更糟糕的是，在剛才的混亂中，為救餃子，黑鷺導師失手，飛行數據記錄器也掉進裂縫裏了，這下就算暗部的人留下甚麼線索，大家也無法得知了。

同伴的蹤跡

暗黑森林中似乎潛藏着難以預知的巨大危機，正當所有人嘗試着梳理頭緒的時候，暗黑森林不遠處的上空，不知何時出現一團古怪的金色光源，那光源轉動着，拖出一道道光尾，轉眼的工夫就形成一團高速旋轉的金色旋渦！

所有人的注意力都被眼前的這奇景吸

引了，而他們仔細一看，看到了更令人不可思議的一幕：金色旋渦中，隱隱浮現出一個熟悉的身影，正是被尤古卡帶走的帝奇！

發現帝奇了，布布路他們激動地放聲大叫：

「帝奇！」

「豆丁小子！」

「我們在這兒啊！」

大家喊得聲嘶力竭，帝奇卻像完全聽不到似的。

「豆丁小子的耳朵壞掉了嗎？」賽琳娜擔心不已，「他不可能聽不到我們的叫聲啊！」

「那金色旋渦大有問題，」餃子警覺地說，「一定是它影響了帝奇！」

「我要過去攔住帝奇！」布布路邊說邊卸下金盾棺材，俯身將重心放低，雙足蓄力，準備躍過地上那條大裂縫。就在他發力的這個瞬間，他感覺到身後似乎有甚麼東西飄過，一個冰冷而低沉的女聲突然傳入大家耳中——

「不要再往前走了！暗黑森林是賞金王·雷頓家族的領地，外來者趕緊離開！」

那聲音聽起來尖細而輕柔，卻讓人有種不寒而慄的感覺，就像有人貼着你的後背朝你的脊樑骨輕輕吐着氣……布布路大吃一驚，猛然回頭，其他人也一個個本能地轉身看去，但身後只有密密麻麻蠕動的黑色樹幹，根本沒有半個人影。

「誰？」賽琳娜大聲問道。

女人並不回答，只是重複道：「趕緊離開！」

看到對方來意不善，賽琳娜不悅地大喝：「在見到我們的同伴前，我們絕不離開！」

「對，我們要把帝奇帶走！」布布路咬着牙說。

「帝奇·雷頓是雷頓家族的人，跟各位無關！」女聲幽幽飄盪在光禿禿的黑色樹幹之間，不冷不熱地回道，「尤古卡大人有令，不歡迎任何外人踏入雷頓家族的領地，趕緊離開！」

尤古卡大人？這麼說這女人是尤古卡的手下！大家暗暗心驚，聽聲音，這個女人分明一直徘徊在周圍，可卻形同鬼魅，讓人難辨其蹤，雷頓家族的人果然不簡單。

「我是預備生學員帝奇·雷頓在摩爾本十字基地的導師——黑鷺，能否轉告尤古卡先生，關於帝奇的事，希望能見面商議！」摸不清對方的底細，黑鷺導師嘗試正面交涉。

餃子附和着從口袋裏掏出那張退學申請書。「這張申請書上只有監護人尤古卡的簽名，並沒有帝奇·雷頓本人的簽名，依照十字基地的規定，這份申請書是無效的，所以，帝奇現在仍然是十字基地的預備生！」

「少廢話！如果你們不離開，就不要怪我不客氣了！這是最後一次警告你們！」神秘女人的聲音忽然沉到了大家腳下，冷漠地回應道。

看不見的神秘人

見對方蠻不講理，而金色旋渦中帝奇的身影又越來越模糊，布布路率先行動了！

他一個翻身朝前縱身躍起，同時腹部吸氣，大聲喊道：「帝奇，停下來啊！」

誰知布布路的腳剛剛離開地面，黑乎乎的土壤中突然伸出一隻青白色的手，一把抓住布布路的腳踝，巨大的拉扯力狠狠地將布布路向後一拽。

「哇呀！」布布路的身體不受控制地向後飛去，幸好他的反射神經異於常人，他騰空一個後空翻，勉強站穩在地。

餃子三人臉色大變，這又是甚麼情況？那女人難道能飛天遁地？

「別白費心思了！」女聲一字一頓地厲聲道，「你們甚麼也做不了，那個金色旋渦，只要進去就永遠出不來了——」

「出不來了——出不來了——」

女人尖厲的叫聲在森林中盪出一連串的回音。

「甚麼，進了旋渦就再也出不來了?!」

女人的話讓所有人都沉不住氣了，一起暴衝起來，並振臂高呼道：「帝奇，快回來啊，帝奇……」

幾人心急火燎地想上前救下帝奇，被女人的話打亂了陣腳，這正中女人的下懷……

毫無預警地，兩隻手猛地從前方的黑色樹幹中伸出，有如鷹爪一般向着振臂高呼的布布路三人刺過來，眼看偷襲即將得手。

「呵!」電光石火之間，黑鷺導師像一道黑色的閃電般躥出，只聽唰唰兩聲，一對有如狼爪般的鋥亮刀鋒手套出現在他手上，鋒利的刀刃泛着冰冷的寒光。

黑鷺導師眼疾手快地擋在布布路三人身前，就在狼爪向那雙怪手劈下的瞬間，黑鷺導師的神情卻不禁一怔，身體不自覺地打了個冷戰，他敏感地察覺到有一股徹骨的寒意從身邊穿過。

黑鷺導師冷不丁地打了個寒戰，倉皇後退，再一看，那雙

神出鬼沒的怪手竟然移到了他身後的樹上。

黑鷺導師敏捷地側身，牢牢地架住那雙從後偷襲而來的怪手，並用眼神示意布布路他們抓緊時間去攔帝奇。

三個人立馬反應過來，一個接一個地越過那條大裂縫，躲避着鋼鞭一般四處彈射的粗壯樹幹，左躲右閃地急速朝着金色旋渦的方向奔去……

但是來不及了，帝奇已經整個沒入旋渦！

「帝——奇——！」

布布路撕心裂肺的吼聲中，金色的旋渦加速旋轉起來，帝奇的身影以及布布路三人的希望隨着耀眼的金色旋渦一併消失在無盡的暗黑森林夜空之中……

新世界冒險奇談

第四站 STEP.04

被絆住的腳步

MONSTER MASTER 13

令人難以置信的幕後黑手

金色旋渦迅速在空氣中淡去，暗黑森林上空再次被無邊的黑暗籠罩，就像甚麼都沒發生過一樣，四周靜得可怕，遠處傳來黑鷺導師與女人的打鬥聲，提醒他們仍身處險境。

「帝奇，你在哪兒？」布布路不甘心地大吼。

「豆丁小子！」賽琳娜的呼喚聲如同丟入不見底的深潭，得不到任何回應。

「帝奇真的回不來了嗎？」餃子失神地嘀咕道，「這不是做夢吧？」

在大家身後，跟黑鷺導師纏鬥的那雙怪手似乎知道大局已定，赫然縮回樹幹之中不見蹤影了，如同從未出現一般。

一片令人窒息的死寂之中，大家忽然聽到一個卡卜林毛球被接通的聲音——女人的聲音再次傳入大家耳中，不過這一次，她的聲音畢恭畢敬：「稟告大人，如您所願，他已經進去了。但是這裏還有一點小麻煩，我處理完馬上來與您會合。」

「收到。」毛球另一端是個低沉的男聲，只簡短地回了兩個字，通話就被掐斷了。

「這聲音，是尤古卡？」布布路難以置信地喃喃道，「他把帝奇強行帶回家，就是為了把弟弟弄進那團奇怪的旋渦裏，讓他永遠也出不來？他為甚麼要這麼做……」

「我想起來了！」布布路憤怒地擰着眉，「去年，參加基地入學考試的時候，帝奇曾哭着說過，家裏的哥哥、姐姐都看不起他，認為他不配當雷頓家族的繼承人……」

「難道尤古卡是覬覦家族繼承人的位置，覺得帝奇擋住他的路了嗎？」餃子思索着，心裏藏了剩下的半句話，這次的「血汗飢渴症」事件若真跟雷頓家族有關，恐怕尤古卡正野心勃勃地醞釀着甚麼大陰謀……

想到這裏，餃子眯起精明的狐狸眼，悄聲對同伴們說：「那女人說的話未必可信，誰知道那金色旋渦到底是怎麼回事？或許那也是暗黑森林的障眼法之一，帝奇說不定是被困在甚麼地方了。」

而布布路早就沉不住氣了，他眼中燃起憤怒的火焰，大喊道：「我要去找尤古卡，如果帝奇有甚麼三長兩短，我絕不放過他！」

「對！哪怕掘地三尺，我們也要把帝奇找出來！」大姐頭賽琳娜斬釘截鐵地說。

無處不在的伏擊

而神秘女人似乎也不再和他們多廢話，只想立刻將他們「請」出去！

女人加快了動作，神出鬼沒地四處遊走着，時而從樹幹中伸出一隻突襲的手，時而從地面上又彈出一條使絆子的腿……無論布布路他們往哪兒走，去路總是在第一時間被堵住。她的行動難以捉摸，似乎無處不在，又似乎哪兒都不存在。

但布布路他們的眼中此時卻迸射出無盡的鬥志，絕不後退半步！

「對方似乎打算躲在暗處，消耗我們的體力，大家把怪物召喚出來！」餃子建議道。

經過最近幾次危險的任務，大家都積累了不少實戰經驗，怪物能力也均有不同程度的提高，既然森林裏無路可走，不如利用怪物們的能力開出條路來……

大家認同地點點頭，紛紛掏出怪物卡。可拿出怪物卡一看，賽琳娜失聲驚呼起來：「不對勁！水精靈的等級怎麼變成 D 了？」

被餃子召喚出來的藤條妖妖一反常態地耷拉着腦袋，一副沒精打采的樣子，怪物卡上的等級顯示也降回 D 級。

「D 級！這，這豈不是只剩下最基本的戰鬥力了？黑鷺導……」餃子驚得頭皮發麻，剛想向黑鷺導師求救，結果話才一出口就打住了，因為他看到黑鷺導師的金剛狼也一副病懨懨的樣子，卡上的級別同樣變成了 D。

只有剛被布布路從棺材裏叫醒的四不像顯得挺有精神，生龍活虎地朝着巨樹怪叫，還在上面磨爪子，不過，因為沒有怪物卡，也無從判斷它有沒有降級。

「這座森林不簡單，咱們的怪物都被影響了！看來只能靠我們自己了！我們這麼做……」黑鷺導師悄聲吩咐了兩句，大家便向不同的方向跑開。

很明顯，不管女人如何有能耐，也無法一個人同時顧及各個方向。

「可惡！你們這些胡攪蠻纏的傢伙，休想在雷頓家族的地盤上撒野！」神祕女人被黑鷺導師的分散戰術激怒了。

「噢——」女人發出一聲咆哮，樹幹中突然躥出一隻燃着黑火的鳥。

電光石火間，火鳥身體如氣球般膨脹數倍，它巨大的羽翅揮動着，揚起熾熱的氣流，尖利的鳥喙有如一柄利劍，筆直向不遠處的布布路戳去……

火鳥的烈焰侵襲

那女人也是怪物大師？

布布路驚訝地回頭，腳步瞬間遲疑了

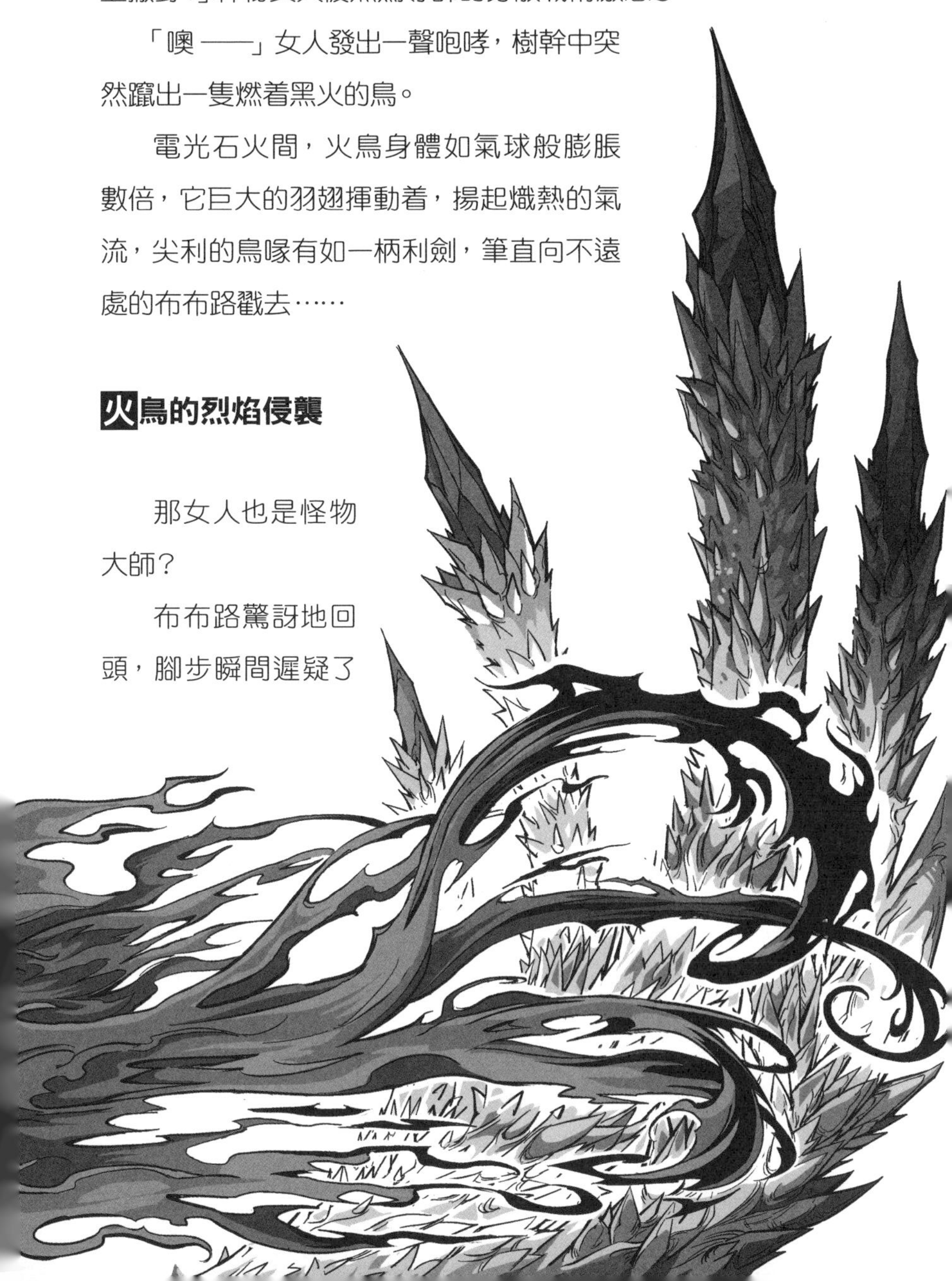

片刻，那火鳥便如利劍般破空而來 ——

「布魯，布魯布魯！」

千鈞一髮之際，布布路背上的棺材中竄出一道鐵鏽紅色的身影，一把將布布路撲倒。

說時遲，那時快，火鳥轟的一聲擦着布布路的頭頂掠過，所到之處，巨樹轟然倒地。

「哇呀！燙死啦！」

「布魯，布魯布魯！」

布布路和四不像被熾熱的氣流烤得哇哇大叫。

「嘎 ——」火鳥拍打着烈焰熊熊的翅膀，凌厲地掉轉方向，向其他人飛去。

黑鷺導師則趁勢一個閃身搶攻而上，他揚起鋒利的狼爪，朝着火鳥燃燒的羽翅削去。一道滾燙的氣浪迎面而來，黑鷺導師頓時感到酷熱難耐。

唰！電光石火的碰撞過後，火鳥的羽翅並未受到任何傷害。

噝！黑鷺導師感到雙手傳來一陣燒灼的刺痛，精鋼打造的刀鋒居然在碰到火鳥羽翅的瞬間熔化了？！火鳥身上的火焰究竟有多高的溫度？！

熾熱的鐵水滴落到地上，立馬就被黑暗的土壤吸食殆盡，黑鷺導師感到前所未有的棘手，頭上冒出豆大的汗珠……

這是甚麼怪物？黑鷺身為摩爾本十字基地的導師，自詡精通各類偏門和稀罕的怪物，但眼前這隻火鳥的熾熱黑焰，竟然能瞬間熔化精鋼刀鋒，令他實在沒有頭緒。

轟轟轟！

火鳥得意地將四周的巨樹燒得劈啪作響，熊熊的大火順着樹林蔓延，沒一會兒的工夫就形成一圈「烈焰圍牆」，將所有人困在了火海之中。

火鳥的瘋狂攻擊讓局面迅速逆轉，烈焰堵住了所有可能的去路。

「水精靈！」賽琳娜想讓水精靈噴射強力水柱，水精靈鼓了鼓腮幫子，卻只噴出幾滴水。

「唧 ——」藤條妖妖原本就怕火，這下子更是渾身瑟縮地躲在了餃子身後。

這片詭異的森林大大影響了大家的戰鬥力，大家被火熏得滿頭大汗，越退越靠攏，最後還是全都背靠背聚在了一起，分散戰術失效了！

這時，森林深處傳來一陣混亂的叫喊聲：

「不好，着火了！」

「有人在森林裏放火！」

眼尖的布布路看到，遠處，一隊衣服上戴着雷頓家族標記的人正打着光石朝這邊奔來。

「糟糕，大火把雷頓家族的大批人馬引來了！」餃子將被火燒得唧唧叫的藤條妖妖收回卡中，對大伙兒說，「那些人肯定和尤古卡是一伙的，落到他們手裏準沒好事兒，得想辦法開溜！」

困境之中，大家突然腳下一沉，被火牆圍住的整片地面頓刻崩塌，森林中赫然出現一個渾圓的黑洞，將四人和怪物盡數吞沒……

難道這是那女人的陷阱，從她用火圍困我們時就設計好了嗎？黑鷺導師察覺到低估對手的時候為時已晚。幾人跟泥土、碎石、巨樹的根莖裹在一起，一股腦兒地掉下了黑洞，一個摞着一個摔成一團。

數分鐘後，濃重的沙石和塵土漸漸散去，大家這才一個個哀叫着爬起來。

出乎意料的是，這個地洞並沒有想像中那麼深不見底，大家抬起頭勉強還能看到洞口晃動的火光。

一陣急促的腳步聲逼近洞口，是那隊雷頓家族的人馬趕過來了，布布路他們忙警惕地噤聲，豎起耳朵聽着上面的動靜——

有人開口問道：「出甚麼事了，暗黑森林裏怎麼會失火？」

「沒甚麼，」接話的居然是和他們打鬥的那個神祕女人，此刻她語氣平靜地回道，「剛剛有外人誤闖進來，現在已經沒事了。」

「那就好。」男人似乎十分信服神祕女人，轉而大聲吩咐道，「大家快滅火！」

隨後，洞口上方傳來嘩啦啦的水聲，大量的土石和泥塊隨之傾瀉而下，布布路他們眼前一黑，洞口被封死了！

同伴默契度測試

請問在摩爾本十字基地的入學測試時，帝奇在怪物果實搶奪戰這一關搶到了多少個怪物果實？

A.23
B.24
C.32
D.69

答案在本頁底部，答對得5分，你答對了嗎？

■即時話題■

餃子：暗黑森林真是個讓人頭暈目眩的鬼地方，難道就沒有甚麼暗道或者捷徑可走嗎？我就不相信，帝奇他們一家人都可以自由穿行其中！

黑鷺導師：由不得你不信！帝奇那小子的基本功還是很扎實的，他們家的其他人就更不在話下。當年招生考試初見帝奇時，我就知道他不一般，走路完全沒有聲音，好像貓一樣輕巧，所以你只要想像一下貓咪穿行於這片森林中的景象就知道他有多來去自如了。

布布路：我記得……貓咪很喜歡追着逗貓棒，這片森林的每一棵樹都好像一根逗貓棒，所以帝奇……應該玩得很開心啦！

賽琳娜：哦，被你這麼一說，我突然覺得他要穿過這片森林……一點都不輕鬆啊！

完成這個測試後，你可以鑒定自己與四位主角的默契程度。

測試答案就在第十四部的 215 頁，不要錯過哦！

MONSTER MASTER +LOVE & DREAMS+

這是成為怪物大師的必經之路!!!

尊敬的讀者：現在你跟隨布布路一起踏上了成為怪物大師的道路！向所有的困難發起挑戰吧！

新世界冒險奇談

第五站 STEP.05

恐怖的怪物墳場

MONSTER MASTER 13

以身試險，誘人的血色漿果

「我們被困住了！」黑鷺導師從口袋裏掏出一個卡卜林毛球，「趕緊聯絡十字基地，尋求援助。」

可是他翻過來、調過去捏了半天，毛球一點兒反應也沒有，只得兩手一攤說：「看來卡卜林毛球也被暗黑森林的魔性影響了……」

「完了，咱們真的要淪為滋潤黑暗土壤的養分了！」餃子小聲嘀咕。

賽琳娜點亮一塊光石，一照才發現，這個洞雖然洞口被封住，底下卻十分寬敞，足有一座廣場那麼大。

布布路和四不像在洞內好奇地蹦躂，看起來精神奕奕，其他人灰頭土臉地看着他們，鬧騰這麼久，這傢伙和他的怪物看起來絲毫不累啊……

遠處，布布路興奮的聲音傳來：「大姐頭，餃子，黑鷺導師，你們看，我發現了一道裂縫！」

大家湊過去一看，這才發現洞壁上有一道狹窄裂縫，裂縫內十分黑暗，不知道有多深，也不知道通往哪裏……突然，布布路動了動鼻子，困惑地說：「裏面傳來一股奇怪的香味，好像……跟尤古卡身上的氣味很相似。」

布布路提供的線索讓大家眼前一亮，立即行動起來。

「我們進去看看吧！」賽琳娜舉起光石，大家的身影一個接着一個隱沒於那不知底細的黑暗之中……

裂縫內的通道無止境地延伸着，大家越走越深，隨着不停前進，那香味也變得越發濃郁撲鼻……

「好香啊！」布布路深呼吸着，臉上露出滿足的神情。

「不太對勁……」黑鷺導師、餃子和賽琳娜警覺地四下觀察着，只見兩側的巖壁上開始泛出隱隱的血紅色光澤，似乎預示着這條通道裏隱藏着莫大的危險。

源源不絕的香氣更濃了，不受控制地鑽入每個人的鼻腔，順着呼吸道湧入肺部……大伙兒感到四周變得五彩斑斕，異香侵蝕着每一個人的意志，它如同空氣中一雙無形的手，將大家的意識慢慢地剝離。

漸漸地，布布路他們的腦袋無法思考，也不想思考，臉上不自覺地浮現出陶醉的痴笑，腳底下像踩着雲朵，一個個失魂落魄地向着散發出濃香的通道深處晃晃悠悠而去……

「布魯布魯！」幾聲聒噪的怪叫傳來。

「哇！好痛！」布布路的手臂一陣劇痛，猛地回過神來，頭像撥浪鼓一樣困惑地四下張望着，「這是甚麼地方啊？」

前，後，左，右！布布路的四面八方全都是一眼望不到邊的奇怪植物，這些植物和暗黑森林中光禿禿的黑色樹木截然不同，每一株都生得盤根錯節、枝繁葉茂，形狀扭曲的虯枝上掛滿圓潤的血紅色漿果，那些紅色的果實隱隱泛着微光，將四周照得光怪陸離。

布布路好奇地仰望着頭頂上密密麻麻的血色漿果，這些漿果的表皮很薄，透過表皮甚至能看到內部飽滿的汁液，隨着汁液的翻湧，果實散發出一股讓人渾身無力的香氣。

布布路驚愕不已，剛才發生了甚麼，為甚麼自己一點兒印象都沒有？他最後的記憶還停留在那條漆黑的通道裏……

「布魯，布魯！」不遠處傳來四不像暴跳如雷的咆哮聲，它剛剛朝着布布路的手臂咬了一口，現在又張牙舞爪地撕咬別人去了。

「餃子，大姐頭，黑鷺導師，你們……」布布路這才發現，餃子他們正一個個表情麻木、無精打采地站在一株株植物下，每個人手裏都拿着一顆飽滿的血色漿果，正有氣無力地要往嘴巴裏送……

「哇啊啊啊！」在四不像亢奮的撕咬和拍打下，三個人尖叫

着清醒過來，吃痛之下，手下意識地收緊，啪啪啪三聲，手中的血色漿果紛紛爆裂開來，如血般黏稠的紅色汁液濺了大家一身。

「噢！這噁心的黏液是甚麼東西？」餃子誇張地怪叫起來。

「天哪，我們這是在哪兒？」賽琳娜臉色慘白地四下張望。

只見四周血霧迷茫，這一大片植物的根部，隱隱露出各種各樣腐敗的怪物骸骨，那一株株掛滿沉甸甸漿果的古怪植物，就是從無數怪物的屍骨中生長出來的。

「暗黑森林裏的植物都古怪極了，看來我們剛剛被這些果子散發出的香氣迷惑了……」餃子心有餘悸地說。

「如果我們吃下這些果實，後果真不敢想像！」賽琳娜滿頭冷汗。

想到這裏，大家紛紛用感激的目光看着四不像。

而四不像似乎很享受這種受人景仰的感覺，高傲地仰着頭，得意地甩着耳朵。

對戰，活過來的怪物屍骨

餃子從懷裏拿出一個小瓶。「這是薄荷油，我們上次去青嵐大陸時順便帶回來的特產，我很喜歡聞這個味道，所以平時都帶在身上……這個很貴的！」餃子心疼地補充道，「大伙兒都蘸上一點點，抹在鼻子下面，應該能保證大家短時間內不再受到異香的侵擾。」

大家踩着怪物屍骨繼續前進，這片漿果叢林比大家想象中恐怖的怪物墳場還要大，似乎根本沒有盡頭，四不像照例偷懶地跳進棺材裏，呼呼大睡去了……

不知過了多久，大家腳下的土地突然不安地震動起來，彷彿有甚麼東西破土而出。

「甚麼東西？」餃子的眼皮警覺地跳起來。

賽琳娜用力揉了揉眼睛，透過一株株扭曲的植物，似乎可以看到一些晃動着的巨大黑影。

緊接着，那些巨大而未知的黑影越靠越近，一股勁風憑空而起。

「是那些死去的怪物，它們都爬起來了……」黑鷺導師露出了難以置信的表情。

只見那些死去的怪物骸骨，正接二連三地搖晃着站起來，從四面八方聚攏過來，它們沒有一絲皮肉的關節發出咔吧咔吧的瘆人聲響，儘管根本沒有眼睛，那黑洞洞的眼窩卻全都直勾勾地鎖定布布路他們。

「這些怪物詐……詐屍了嗎？」賽琳娜心跳如鼓。

「太噁心了！」餃子嗓子眼湧出一股股酸水。

只有布布路不為所動地感歎道：「這些動物變成骨頭後也能動啊，真是大開眼界啊！」

「趕緊備戰！」

「嗷！」黑鷺導師話音剛落，兩隻骸骨怪已經帶着滿口腥臭，朝着離它們最近的賽琳娜撲上來。

賽琳娜在經歷過數次實戰之後，也成長了不少，她迅速從口袋中取出火石與水石，分別朝兩隻骸骨怪發動了元素攻擊，火焰與冰晶瞬間就包裹住了兩隻骸骨怪，但令人吃驚的是，骸骨怪的動作並沒有絲毫減慢，賽琳娜只能倉皇躲閃。

「他們沒有血肉只剩骸骨，可能對元素攻擊免疫！」餃子立刻將自己的分析告訴大家。

「呵！」布布路敏捷地閃到賽琳娜身邊，甩出金盾棺材朝着一隻骸骨怪的腦袋砸去。咔嚓一聲脆響，整副骸骨就這樣被布布路生生砸散。

「嘿！看來可以用物理攻擊！」布布路鬥志昂揚地說，「沒有了血肉，這些骸骨怪不太結實啊。」

餃子也上前助戰，他跳入一羣骸骨怪中間，鏗鏗鏘鏘，虛虛實實的拳腳朝着四面八方遊走，看似毫無規律的雨點一般，其實都結結實實地命中骸骨怪的關節處，數秒之後餃子輕盈地使出

一招縱雲梯，蜻蜓點水一般地從骸骨怪羣中躍出，剛剛落地就聽嘩啦啦的一連串聲響，圍着餃子的那羣骸骨怪頃刻間散了一地。

這邊，剛剛吃了虧的賽琳娜撿起被布布路砸散的一隻巨大骸骨怪的髖骨，像掄大錘一般朝着四周的骸骨怪砸去，三下兩下就幹掉幾隻骸骨怪，盡顯大姐頭本色！

低級的骸骨怪根本就不是對手，大家正想繼續前進，出乎意料的事發生了——那些打碎在地的骨頭也像着魔般窸窸窣窣地動起來，和附近的碎骨重新拼湊起來，變成形狀更猙獰，體形也更巨大的骸骨怪，張牙舞爪地圍過來。

三個人迅速調整位置，背靠背形成安全的防禦陣形，每個人負責迎戰來自一個方向的怪物，而將自己的後背交給其他人……

布布路三人行雲流水的動作讓黑鷺導師看得目瞪口呆，他明白絕不是這些骸骨怪太弱，而是這些孩子們太強！雖然他們在基地被貶為吊車尾小隊，但實力早已超越了一般的預備生。黑鷺導師雖早知道大家有所成長，但今日近距離觀戰，才驚覺他們的成長已經完全超乎他的想像了。

眼見骸骨怪們沒完沒了地撲上來，動態視力極佳的布布路突然發現了甚麼，大喊道：「大家快看，那兒有個人！」

大家警覺地看去，只見遠處的一株植物後面竟現出一個身披斗篷冷冷觀戰的人影，但由於那身斗篷也是血紅色，所以那人幾乎融入漿果植物之中，很難分辨。

「難道是他在操縱這些怪物屍骨對付我們？」賽琳娜警覺地說。

「不管是不是，此刻出現在這兒就很可疑！」餃子冷哼。

大家聽着，這些骸骨怪雖然難纏，但它們並沒有甚麼有力的攻擊技巧，我一個人就能應付。」黑鷺導師揚起黑色的斗篷，偷偷對大家眨眨眼，「這邊交給我，你們幾個悄悄繞過去看看那個人是怎麼回事！千萬小心，以偵察為主，盡量避免正面衝突。」

三個預備生暗暗點頭，佯裝對付着怪物屍骨，腳步卻不動聲色地移動起來，向躲在暗處的神祕人靠近……

新世界冒險奇談

第六站 STEP.06

悲喜交加的一戰

MONSTER MASTER 13

令人疑惑的敵人

大家分散開後，黑鷺導師表情一變，剛剛還只是做些輔助攻擊的他終於發揮出十字基地導師應有的實力。他重新套上一副全新的精鋼刀鋒爪套，風馳電掣般在空中劃過，寒光閃爍間，發出嗡嗡的蜂鳴聲，刀鋒所到之處那些巨大的骸骨怪頓時被齊刷刷地大卸八塊。

另一邊，布布路三人小心翼翼地從不同方向朝着那個披着血紅色斗篷的神秘人包抄過去……

一開始，神祕人似乎並沒有覺察到三人的靠近，仍在氣定神閑地觀察着遠處的戰場，但就在大家加快腳步準備靠得更近一點的時候，斗篷下的人影毫無徵兆地一晃身形，竟從植物後移步而出，朝着幾人迎面撲上來。

「糟糕！」餃子暗叫不妙，那傢伙剛剛按兵不動並不是沒有覺察到布布路他們的企圖，而是在觀察並等待最佳的伏擊時間！

電光石火之間，那人已到了布布路面前，雖然他的面目隱匿在斗篷的兜帽之下，但布布路他們依然能夠感受到他銳利的眼神、均勻的吐納以及渾身散發出的有如野獸般的騰騰殺氣。

再一看，神祕人雙手上多出十多枚寒光閃閃的短刺。

不好，他要使用暗器了！

見大家擺出防禦動作，神祕人一個轉身，將身上的斗篷甩了出來，布布路感到眼前一黑，甚麼都看不見了，甩出的斗篷

竟將他嚴嚴實實地包裹起來。

賽琳娜和餃子甚至連吃驚的時間都沒有，那數十枚短刺已經飛向被包得像粽子一樣的布布路。

就在眾人不忍直視的時候，「布布路粽子」飛速旋轉起來，周身旋轉的氣流竟然改變了那些短刺的方向。

叮叮叮——短刺悉數落地。

「好險！」餃子驚出一頭冷汗。

賽琳娜看了看一枚落在她腳邊的短刺，那上面刻有醒目的金獅標記，她憤憤地叫道：「不用說，這傢伙肯定也是尤古卡的手下了！雷頓家族的人真沒禮貌！」

「可惡！這招真卑鄙！」布布路扯開斗篷，露出火冒三丈的表情。

來到暗黑森林之後布布路覺得窩囊極了，先是看到帝奇卻無法施救，然後遭遇看不見身影的神祕女人，再是怎麼打也打不完的骸骨怪……

雷頓家族的傢伙一個比一個古怪，眼前的敵人雖然實力難測，但終於來了個看得見摸得着的。想到這裏，布布路眼中燃起熊熊鬥志。

三人默契地對望一眼，各自深吸一口氣，同時向神祕人發起進攻——

布布路一面衝鋒一面旋轉揮舞着沉重的金盾棺材，餃子和賽琳娜則緊跟其後，看準時機從布布路兩側不時閃出尋找機會攻擊，彷彿三頭六臂配合得天衣無縫。

而神秘人的實力果然不容小覷，在這種一對三的情況下，他仍能從容應對，雖是招架居多，陣腳卻絲毫不亂。

這時，布布路突然想到了甚麼，對餃子和賽琳娜使了個眼色。

看到他們的回應，布布路用全身蠻力將金盾棺材朝天上一甩，那蠻力大得驚人，沉重的棺材竟然徑直飛向洞窟頂壁！

幾乎在同一時間，餃子紮穩了馬步，雙手下托，呈現出不動如山的氣勢。

下一秒，布布路一個箭步踏上餃子托好的人梯。

「起！」餃子大喝一聲，腳下的地面瞬間下沉了幾寸。他揚手將布布路朝空中的金盾棺材飛旋着托上去。

賽琳娜也心領神會地將口袋裏的風石朝空中擲去。

就見布布路凌空抓住金盾棺材的那一瞬間，四周空氣在風石的作用下急速旋轉，形成了一股威力巨大的微型颶風。

布布路雙足蓄力，朝洞窟頂壁反蹬，揮着金盾棺材在颶風中呼嘯着旋轉而下。

轟隆隆！這股組合而成的巨大力量將整個洞窟震得如同坍塌一般。

這一招「金盾颶風」不僅力量十足，攻擊範圍也相當廣，布布路他們在基地練習了將近一個月，要是帝奇也在，一起飛上去，補上一招他自創的暗器「暴雨流星」就完美了！

餃子得意地看着布布路在實戰中完美地使出這一招，料想這下子神秘人應該避無可避了。

然而讓布布路他們大吃一驚的是，神祕人不退反進，一個箭步徑直躍向颶風中的布布路。

神祕人身體輕盈極了，布布路還沒來得及眨眼，他就已經跳到了布布路背上。但與他輕盈的動作截然相反的是他下腳的力度，那踏在布布路背上的雙腳瞬間猶如千斤巨石般沉重，空中的布布路來不及調整重心，一個踉蹌滾倒在地，金盾棺材轟然墜地，激起的氣浪讓餃子和賽琳娜也猝不及防地倒地。

神祕人在空中向上翻了個跟頭置身氣流之外，而來不及爬起來的布布路、餃子和賽琳娜三人此刻完全暴露在神祕人的攻擊範圍內。

只見在空中的神祕人蜷起高速旋轉的身體，呈現出蓄勢待發的姿勢。

這個姿勢怎麼這麼熟悉？！布布路來不及多想，一個鯉魚打挺一躍而起，擋到賽琳娜和餃子前面，舉起金盾棺材，大吼一聲：「小心暴雨流星！」

聽到「暴雨流星」這四個字，神祕人身軀彷彿一震。雖然大把的飛鏢、短刺如約而至，不過力道比預想中要小了不少。

布布路的金盾棺材，替大家擋住正面而來的攻擊。

餃子則靈活地甩着頭，長辮凌空擺動，將繞過棺材從側面偷襲的暗器悉數彈開。

神祕人徐徐降落，一直將臉遮住的兜帽在他落地的同時掀開了……

猝不及防間，神祕人的臉暴露在布布路三人的眼前。

神祕人此刻身上的殺氣已退去不少，布布路三人正打算趁勢而上，但一看清對方的臉卻不由得愣住了——這個人看起來好面熟！

「他長得好像帝奇啊！」布布路脫口而出。

「不，不可能，雖然五官神態相似，但是……」賽琳娜連連搖頭，這個人長得倒是跟帝奇幾乎一模一樣，但身高卻和布布路差不多，身材也更為健碩，肌肉更為緊實，氣質也比帝奇成熟，要說像的話，應該說他像極了長大的帝奇。

不論是身高還是年齡，神祕人都不可能是帝奇！那麼他……是誰？

「噢噢噢！我明白了！帝奇有三個哥哥兩個姐姐，你是帝奇的另外一個哥哥！」布布路眨巴着眼睛，恍然大悟地叫道。

少年沒有承認，也沒有否認布布路的話，只是用那雙凌厲的鷹眼定定地望着布布路三人。

不可思議的成長蛻變

布布路三人和神祕的少年相互對望着。

少年似乎在思考着甚麼，看起來並無敵意。

看到對方殺氣消散，餃子心中暗暗猜度，也許雷頓家族的人並不是個個都冷酷無情，如果這傢伙不同於尤古卡，也許能幫助他們……

想到這裏，餃子清清嗓子，試着搭話：「你好，我們是帝奇在摩爾本十字基地的同伴，是來找他的！我想你應該是帝奇的其他兄弟吧？作為雷頓家族的人，如果你能勸尤古卡把他可愛的弟弟帝奇放出來就好了。」

布布路一邊贊同地猛點頭，一邊衝上去握住少年的手，激動地說：「太好了，終於見到正常的帝奇的家人了！你會那招『暴雨流星』，一定是跟帝奇關係很好吧！我憋了一大堆話想說！能請你轉告尤古卡嗎？我想告訴他，儘管帝奇現在的實力可能還沒有他強，還不符合你們心目中家族繼承人的樣子，但是他真的很努力、很有毅力，每天都刻苦修煉、提升體能！他一直在用自己的方式努力，為了有朝一日能變得強大，得到你們的認可，無愧於他爺爺授予的繼承人稱號。

我認為，這樣的帝奇，真的很強大！

「我爺爺說過，這個世界上沒有人生下來就是強者，只要不放棄希望，堅持不懈地努力，內心充滿正義的信念，再弱小的人都能變強！正是因為這樣，巴巴里金獅才甘願做出犧牲，和帝奇一同成長，一同進步！人和怪物之間是這樣，人和人之間更應該是這樣啊，更何況是親人！請你們不要再排擠帝奇了，因為我相信，如果得到家人的祝福，帝奇一定會成長得更快，將來有一天一定會讓你們刮目相看的！」

面對布布路滔滔不絕地自說自話，少年的表情看起來並沒有甚麼變化，但他並沒有甩開布布路的手。

聽着布布路的真心話，餃子突然想起以前的自己，他感同身受地說：「帝奇從不逃避命運，也不畏懼失敗！我們都一樣，都為了夢想而前進努力着，我們是帝奇在十字基地最親密的同伴，也是彼此信任和依賴的隊友！這一年來，我們都親眼見證了帝奇的成長和進步。每一次遇到危險的時候，帝奇總會第一個奮不顧身地來救我們，雖然這傢伙平日裏總是裝酷地刻意隱藏自己的情緒，但我們都知道，他有多珍惜同伴之間的情誼，更不用說對血濃於水的親人了。難道你們這些親人忍心傷害這樣善良的孩子嗎？」

「沒錯，我相信帝奇不會就這樣離開我們，不會輕易放棄成為怪物大師的夢想，不論如何我們都要把帝奇救出來。如果你知道帝奇的下落，麻煩你告訴我們好嗎？拜託了……我們希望能守護他的夢想！」賽琳娜也紅着眼睛懇請道。

聽着布布路三人情真意切的話語，不知為甚麼，少年原本鐵青的臉頰竟怪異地飄起兩朵紅雲。

怎麼回事？少年這是在害羞嗎？就在三人目瞪口呆之際，少年開口了，吐出熟悉的兩個字——「笨蛋！」

「咦？這個聲音，這個語調，怎麼也跟帝奇一模一樣？」

布布路三人越發傻眼了。

「笨蛋！」少年翻了個白眼，再次重複，「喂！你們盯了我這麼久，還沒發現嗎？我……我就是帝奇！」

「啊？」賽琳娜眨巴着眼睛，好像沒聽懂對方的話。

「噗！你開甚麼玩笑？」餃子像聽到笑話似的，不懷好意地用手在空氣中比畫着，「帝奇他明明這麼高……可你……」

布布路更是驚訝得嘴巴能裝下十隻雞蛋了，嘴裏咿咿呀呀不停，卻一句完整的話也說不出來。

大家分開不過幾個小時，帝奇怎麼就長大了一歲多似的？

看到大家露出難以置信的表情，少年手一揮，從口袋裏掏出一張怪物卡。一道金光閃過，就聽一聲震天獅吼，一頭雄壯威武、有如小山般的巨大金獅怒吼着躍出怪物卡。

「是巴巴里金獅！」布布路激動地跳起來。

此刻的金獅比以往任何時候都顯得巨大，肌肉脈絡層次分明，獅爪和獠牙都更為銳利，脖頸處的鬃毛像火焰一般熊熊燃燒，即使站立不動，也能散發出懾人的壓迫感。

大家這才後知後覺地看到，少年手中的怪物卡上，巴巴里金獅的等級竟升到 A 級。

「噢噢噢噢！你真的是帝奇呀！哇，你長高了，巴巴里金獅也變強了！好厲害！」布布路興奮地圍着帝奇和巴巴里金獅轉圈圈。

「豆……豆……豆丁……」大姐頭的舌頭都打結了，怎麼也無法將「豆丁小子」四字說出口，最後只好尷尬地問道，「這是怎麼回事？帝奇你怎麼一下子就……」

餃子怔怔地用手托着面具下險些掉到地上的下巴，難以置信地說：「就算是吃了發糕粉，打了強力增長激素，也不可能長得這麼快啊……」

面對熟悉又陌生的帝奇，大家滿腹疑問，但更多的是失而復得的喜悅。不管帝奇身上發生了甚麼，大伙兒又團聚在一起的感覺真是太好了！

這是成為怪物大師的必經之路!!!

尊敬的讀者：現在你跟隨布布路一起踏上了成為怪物大師的道路！向所有的困難發起挑戰吧！

同伴默契度測試

以下哪個不是布布路日常隨身攜帶的物品（包括活物）？

A. 四不像
B. 金盾棺材
C. 防風眼鏡
D. 各種元素晶石

答案在本頁底部，答對得5分，你答對了嗎？

■即時話題■

布布路：我得檢查一下，剛剛那招「暴雨流星」讓我的金盾棺材砸到地上，裏面的東西恐怕⋯⋯

帝奇：如有損壞，我會賠償。

餃子：我覺得布布路擔心的是在裏面睡大覺的四不像會被撞出滿頭包吧！

布布路：不，我沒擔心四不像，它早就在棺材裏面安裝了個軟墊窩，磕不到的。

賽琳娜：那就是擔心食物變得七零八落嘍？

布布路：不不，食物甚麼的，早就全都填滿四不像肚子了！我擔心的是黑鷺導師寄放在我這邊的精鋼刀鋒爪套⋯⋯一，二，三，四⋯⋯十，幸好全都沒有弄壞！

餃子：看到沒，每個手套上都有不同的金剛狼的圖案！

賽琳娜：而且都是手工刺繡的！

布布路：嗯嗯嗯，黑鷺導師真是心靈手巧啊！

帝奇：我覺得他平時一定閑得慌！

其他三人（擠眉弄眼）：哈哈⋯⋯黑鷺導師，你打完怪物回來啦！哈哈⋯⋯辛苦了！

完成這個測試後，你可以鑒定自己與四位主角的默契程度。

測試答案就在第十四部的 215 頁，不要錯過哦！

答案：D

新世界冒險奇談

第七站 STEP.07

不可能的敵人

MONSTER MASTER 13

夢般的記憶重現

這一邊，那些糾纏不休的怪物屍骨在黑鷺導師的精鋼狼爪下已然化作粉末，再也不能重新拼裝起來作怪了。大家跟黑鷺導師會合後，立刻將帝奇「重新」介紹給他。

重逢的喜悅過後，大家靜下來，聽帝奇講述起這短短一天，他所經歷的不可思議的事：

十字基地的會客室裏，尤古卡趁帝奇不備，用手指在他後背輕點幾下，帝奇就失去了知覺……

恢復意識之後，帝奇發現自己面前是一個極速擴張的金色光球，他剛想靠近瞧個清楚就被膨脹的光球吞沒了……

進入光球後，四周的場景改變了，帝奇發現自己身處一間空曠幽暗的房間，他的身體開始不受控制地顫抖起來，因為沒有人比他更熟悉這個房間，他現在正在雷頓家族每一位成員都談之色變的房間 —— 無神坊。

雷頓家族是不相信神的存在的，認為強者是通過無數困難和挑戰磨煉出來的。因此被爺爺指定為雷頓家族的繼承人後，剛剛學會走路的帝奇就不得不跟着哥哥尤古卡學習成為繼承人的技能，每天都要接受超負荷的訓練，一旦出錯或是

學不好，就要接受哥哥的懲罰 ——到無神坊裏閉門思過。

毫不誇張地說，無神坊代表着帝奇童年時代最可怕的噩夢。而現在，帝奇再次被困在了這間可怕的小黑屋裏，一切都是那麼熟悉，似乎與他離開的時候一模一樣，卻又有一種隱隱的陌生感。但這裏終究是自己熟悉的地方，就如同時光倒轉，將自己帶回曾經的日子。這讓帝奇不由得想到：難道這又是哥哥對自己的懲罰嗎？

不過帝奇很快冷靜下來，他告訴自己過去的一年他經歷了很多，不再是以前的自己了。他調整了一下呼吸，開始四下探查，遺憾的是，無神坊的門和鐵窗全都被牢牢鎖死了，他根本出不去！

同時，帝奇敏銳地察覺到有一雙陰森森的眼睛正躲在暗處，盯着自己。

「甚麼人？！」帝奇警覺地問道。

就像回應一般，黑暗中傳出磔磔怪笑，那聲音飄忽不定，充滿着不屑與嘲諷。

嗖嗖嗖！數十枚短刺從幽暗的鐵窗外射了進來。帝奇敏捷地側身躲在大廳的石柱後，但窗外的刺客擲出暗器的力道大得驚人，竟然能在石柱上留下拳頭大小的窟窿。而且一次還能齊發數十枚短刺！

砰砰砰！一輪襲擊過後，這根石柱顯然已經無法再為帝奇提供掩護。帝奇貓着腰從即將成為殘垣斷壁的石柱後躍出，甩出隨身攜帶的五星鏢反擊，準備借機躲到另一邊的石柱後。

可他絕沒想到的是，身處黑暗之中的刺客幾乎在同時出手了，對方擲出的短刺竟然凌空擊碎了五星鏢！帝奇來不及反應，就幾乎被迎面而來的暗器紮成馬蜂窩。

這一瞬間，帝奇意識到，對方使用的雖然是雷頓家族的招式，但不論是在氣息還是在技能上，都精湛和強大到令人咋舌的境界，不僅遠遠凌駕於尤古卡之上，更強過父親……

慶倖的是，帝奇在最危急的時刻用四肢庇護住了致命要害，那些短刺造成的傷害並沒有危及生命。但身上數不清的擦傷已經讓帝奇倒在地上無法動彈，他意識模糊起來，耳邊只剩下那個刺客忽遠忽近的怪笑……

無神坊內的狩獵遊戲

不知過了多久，帝奇從噩夢中驚醒過來，他發現自己躺在一張簡易的木牀之上，被包得和木乃伊似的。身上的傷口，都得到了及時恰當的處理，雖然還有些疼，但恢復得很好。

牀邊的木桌上擺放了食物，早已饑腸轆轆的帝奇，顧不得那麼多，抓着食物大口大口地吃了起來。

帝奇狼吞虎嚥地將食物都吞入腹中，連飽嗝還沒來得及打出來，猝不及防地，黑暗之中飛出一柄短刃匕首，啪的一聲直挺挺地插在剛剛陳放食物的木桌上。輕微晃動的匕首上，赫然刻有雷頓家族的金獅標誌。

帝奇警惕地伸手將匕首拔出，半蹲蓄勢待發。

伴隨着刺客的磔磔怪笑，數枚蘊含着巨力的短刺暗器凌厲地破空而來！

帝奇意識到來人正是上次打傷自己的刺客。他眼疾手快地用匕首擋下飛在最前面的三枚暗器，但對方使用暗器的等級似乎遠遠高於他，劇烈的衝擊讓帝奇虎口發麻，手指一時間竟然無法動彈。

後面的暗器接踵而至，帝奇就地一滾，一一避過，他站起來正準備還擊，對方卻不見蹤影了。彷彿悄無聲息地融入了黑暗，與環境合為一體，連一絲氣息都感覺不到。

就在帝奇以為刺客已經離開時，一股冰冷而巨大的殺氣從背後傳來，那種刺骨的寒意，瞬間讓帝奇整個脊背發涼。帝奇如同貓一般本能地一躍而起，空中轉體一百八十度，將力量集中在手臂上，擲出一串五星鏢。

這下帝奇看清了，身後是一個身着斗篷的人，身材算不上魁梧，頭上的兜帽壓得低低的，無法看清他的臉。對於帝奇擲出的暗器，他絲毫沒有閃躲，只是左手扯着斗篷在空中劃了幾個旋兒，便輕鬆化解。

下一秒，刺客如同鬼魅般伸出手，朝他突擊。帝奇擺好架勢、屏住呼吸，準備迎來匕首與匕首、身體與身體之間巨大的衝擊。

空中氣流湧動，但甚麼都沒有發生……唰的一聲，刺客竟然變化成虛影直接穿過了他的身體！

帝奇只覺得空氣中瀰漫着濃烈的血腥味。他睜開眼睛，看到四周有鮮紅的花瓣在飄零飛舞……一陣劇痛傳來，帝奇赫然發現自己的身體竟然瞬間多了數十處割裂的傷口。再一看，剛剛看到的飛舞的鮮紅花瓣竟然是從傷口噴出的血液……

發生了甚麼？！為甚麼在毫不知情的情況下自己受到了如此致命的傷害？

滿載着懊悔和不甘，帝奇感到眼前由紅色慢慢變成白色，而且越來越亮、越來越白……

這一次，帝奇獨自一人在全白世界裏漫無目的地走着，全身被聖潔的白光包圍，讓他感到無比舒暢。走着走着，他來到了一扇門前面，大門敞開着，裏面散發出讓人覺得無比舒坦的金色光芒……

那是帝奇久違而又渴望的感覺，就像父母的手撫摸着他的臉頰。就在帝奇準備跨入大門的時候，他聽見了甚麼聲音，回頭一看，遠處，好像有幾個黑點在移動。他擦了擦眼睛仔細看過去，那是三個人影，他們急切地朝這邊揮手，嘴裏還在喊些甚麼，但是距離太遠，帝奇甚麼都聽不清，只知道那三個身影他非常熟悉……

大門發出了吱呀的聲音，開始慢慢合攏，那道金色的光芒化成一隻溫柔的手，輕輕拉住帝奇，想把他拉進門內。

帝奇猶豫了片刻，依依不捨地甩開了那隻溫柔的手，朝着人影的方向飛奔過去。

狂風大作，原本溫暖聖潔的白光，眨眼間變成了暴風雪，風雪中，他終於看清了那三個黑影 —— 那正是與他朝夕相處的同伴！有着共同目標，一同成長，不離不棄的同伴！

帝奇加快腳步向同伴們跑去，周圍的景象開始在暴風雪中扭曲起來，帝奇再次從夢中醒來了。他環顧周圍，和他上次醒來時一模一樣，傷口被妥善處理，食物也早已準備好。

這是他第二次從這張牀上醒來，跟之前相比，帝奇的眼神中多了份堅毅和從容，他拿出匕首在牆上刻下三道印記。吃過食物之後，帝奇便靜靜地盤腿坐在牀上，調整呼吸，他知道刺客隨時都會出現，他將自己的五感提升至最好狀態，隨時迎接刺客的偷襲。

果然，刺客又來了！這次的戰鬥足足用了兩個小時，帝奇避開了幾次最致命的攻擊，但高度集中的精力、超高負荷的運動加之大量失血，帝奇最終還是狼狽地敗下陣來……

帝奇開始明白，如果不打敗刺客，自己恐怕永遠都離不開了。接下來，如煉獄一般的折磨日復一日，牆壁上密密麻麻，滿是帝奇留下的刻痕。

一天，兩天……十天，二十天……一百天，兩百天……隨着時間的推移，帝奇與刺客戰鬥的時間越來越長，受到的傷害也越來越少……

刺客漸漸地收起了他嘲弄的怪笑，開始抑制自己的氣息，以求更加無聲無息進行偷襲。同時帝奇的五感也在一場一場搏命的實戰中迅速提升，能更為敏銳地捕捉到對手的殺氣。

最近幾次的戰鬥中，有好幾次，帝奇開始能做出有效反擊了。更令人驚喜的是，自從被困在無神坊後，就一直縮在怪物卡中的巴巴里金獅，在日復一日的防禦和戰鬥中，隨着帝奇的戰鬥力提升，等級也在慢慢提高。

最強一擊，無想虛空斬！

這天，帝奇盤腿坐着，快速進入了冥想的狀態，在這種狀態下，帝奇的五感被淬煉到了極致，就如同置身在清澈如鏡的湖面中心，任何一點外界的變化或震動都會讓湖面泛起漣漪，任何一絲漣漪都會被帝奇準確無誤地察覺到。

片刻後，刺客的暗器如約而至，而帝奇似乎還沉浸於冥想之中，一動不動。

電光石火之間，暗器緊緊擦着帝奇的身體飛過，剛剛只要帝奇移動毫釐就會被暗器擦傷。彷彿明白了甚麼似的，帝奇嘴角揚起了一絲笑意。

刺客似乎也察覺了這一天將是不同尋常的一天。他從黑暗中現身，第一招就用盡全力，那是如同雷霆般的一擊 —— 無想虛空斬！

這是暗殺者所使用的最強招式之一，講究的是無聲無息地接近對手，接觸到對手的一瞬間才爆發出可怕的威力。

但這次刺客的進攻卻截然不同，一開始就如同洪水猛獸一般，霸氣四散，數米開外風牆就已經撲面而來，割得臉生疼。而突進的速度更是快得難以想像，想避開這一招簡直難如登天，但如果無法避開這一招就只有死路一條了。

此時的帝奇卻意外地平靜，仍沉浸在冥想之中：

如鏡的湖面先是泛起了幾道細小的漣漪，他感覺到這幾道漣漪沒有任何威脅，漣漪輕輕從他身邊掠過，帝奇感受着這份即將被打破的平靜。果然，隨之而來的漣漪開始有了變化，巨大的力量使得漣漪變成了波濤，再轉為驚濤駭浪，浪濤裏翻滾着如鐵的巨大堅冰。在這駭人的巨大力量面前，就算再堅實的堤壩也是一觸即潰！

但帝奇注意到，一個忽明忽暗、若隱若現的光點隱藏在巨浪之中，他知道那就是驚濤駭浪的弱點。

唰！帝奇猛地睜開眼睛，直視與他近在咫尺的刺客。不，是刺客手中的匕首刃尖！那就是他的弱點！

帝奇腳下生風，一腳踏上餐桌，抽出精鋼匕首，飛身上前，竟然和刺客使用了相同的姿勢。但與刺客驚濤駭浪般的氣勢截然不同，帝奇勢如流光、形如鬼魅。

刺客看到帝奇的反應，先是一驚，隨即竟然嘴角露出了一絲笑意。

說時遲，那時快，兩柄匕首的刃尖相接的瞬間，整個世界的時間好像慢了下來。帝奇和刺客身後都緩慢地發射出無數道璀璨的光刃飛向對方，在空中毫無規律地互相碰撞着，碰撞後激起的流光如同時間靜止一般停留在空中。隨着碰撞越來越密集，速度也越來越快，四周也越來越白亮……

白亮之中，帝奇和刺客保持着短兵相接的對峙姿態。

唰 —— 刺客捂着胸口後退幾步，身上斗篷盡碎，匕首也轟然掉落，他欣慰地説道：「一瞬千擊，幹得好……這麼短的時間就掌握了無想虛空斬的精髓，真是讓人感到驚喜。」

帝奇疑惑地抬起頭來，終於看到刺客的臉，那張臉給了他更大的意外 —— 因為在帝奇的記憶中，那張臉只存在於雷頓家族城堡走廊盡頭的畫像之中！

這個與他進行了幾百天戰鬥的神祕高手，竟是當年指定帝奇為雷頓家族繼承人的人 —— 帝奇的爺爺霍克．雷頓！

帝奇丟下手中的匕首，想上前一步，衝到爺爺的懷中，但是爺爺卻踉蹌着向後退了一步，他的身上出現了一道奇怪的裂縫，那道裂縫從爺爺身上一直延展到地上、牆上，甚至空氣中……

嘩啦！好像有甚麼被打破了的聲音，等帝奇回過神來，他眼前出現了一片暗紅色的叢林。

新世界冒險奇談

第八站 STEP.08

祕密潛入

MONSTER MASTER 13

隱匿的奇門遁甲一族

「哇哇哇！太棒了！原來那個神祕高手是你爺爺！」布布路聽得激動又困惑，「咦？可是……你爺爺不是早就過世了嗎？」

「嗯，我也不知道是怎麼回事……」帝奇遺憾地繼續講道，「等到恢復意識後，我就在這片血色漿果叢林裏看到了你們。但這一年來的日子讓我對身邊的一切都充滿懷疑，我以為你們也不是真實的，是哥哥用來懲罰我的另一種手段，所以才會對你們發起進攻。」

「太不可思議了！」賽琳娜唏噓地說，「從我們看到你被吸入金色旋渦到現在，不過半天時間，你卻成長了一年！」

「這簡直是神話故事中的『天上一天，人間一年』，不知道那團金色旋渦是甚麼東西？」餃子托着下巴，狐疑地沉吟道，「帝奇竟和去世多年的爺爺戰鬥了一年……如果這是尤古卡的懲罰，帝奇的爺爺怎麼會出現呢？這還真是讓人摸不着頭腦啊！」

「我們還是先把重點放到眼前吧，」黑鷺導師審時度勢地問帝奇，「關於這片古怪的血色漿果叢林，你知道多少？」

「我從來沒聽說過這片血色漿果叢林，只知道一些和暗黑森林有關的事。」帝奇茫然地搖搖頭，將他所知的事情都轉達給大家，「暗黑森林中的黑色巨樹是一種介於植物和動物之間的稀有物種，具備扭曲自身形體的能力。巨樹之間的分佈也有着特殊的講究，就如同一座巨大的迷宮。每當有異物從地面或是空中進入森林，樹木就會敏銳地捕捉到細微的生物波，並通過扭曲和交錯製造出防禦和攻勢，將闖入者死死地困在其中……當年我離家去十字基地參加招生考試的時候，也曾被困在森林裏三天三夜，好不容易才僥倖脫身。」

「在得知這次任務後，我和我哥特意查閱了有關雷頓家族和暗黑森林的文獻，雖然資料寥寥，但還是發現一些有趣的線索。」聽了帝奇的話，黑鷺導師若有所思地說，「在藍星的歷史上，曾記錄過一個名為『佈局者』的神祕民族，他們擅長奇門遁甲之術，傳說中，他們只要通過佈置自然界花草樹木的格局，就能殺敵無數，更能令百萬大軍瞬間有如被蒙住眼睛，明明敵軍就在眼前，他們卻完全看不見。更有少數將奇門之術修煉到極致境界的族人，能夠修改植物的屬性，使得天地為之變色。」

「用花草就能打敗敵人？好厲害啊！」布布路聽得一知半解，糊塗地問道，「這麼了不起的民族，我怎麼從來沒見過，也沒聽說過呢？」

「『佈局者』的足跡曾一度遍佈藍星，每當某片大陸上爆發大規模的戰爭，他們就會出現，凡是得到他們協助的國家，全都戰無不勝。但奇怪的是，這些族人如今卻如同船過水無痕一般，徹底銷聲匿跡了。」黑鷺導師遺憾地搖搖頭，繼續說道，「我和我哥都認為暗黑森林的格局和『佈局者』一族的手法很相似。在實地深入之後，我認為這個可能性更大了。另外還有一點十分值得注意，暗黑森林所在地曾經是琅晟古國的皇城，但關於那個古國，歷史上留下的文獻則更稀少，也沒有直接的證據表明琅晟的覆滅是因為遭到暗黑森林的吞噬。但如果從時間上推算，四百年前，在這塊土地上，幾乎同時發生了兩件大事——一是琅晟滅國，二是雷頓家族的崛起。」

「也就是說，雷頓家族和『佈局者』一族或許有着某種關係？」餃子警覺地嗅出黑鷺導師的弦外之音。

「這只是推測而已。關於我們這一次的任務……」黑鷺導師點到即止，不再深入，而是話鋒一轉，將此行的任務內容轉達給帝奇，並提醒他，「希望接下來，你能以摩爾本十字基地預備生的身份，秉公參與這次調查任務。」

「對於這次調查任務，我會以大局為重，不會忘記自己的身份，大家放心！不過，雷頓家族雖然以接賞金任務為生，在執行任務的時候難免會威脅到少數人的利益，但那都是些窮兇極惡的壞人，我相信雷頓家族的人是光明磊落的。」

聽完黑鷺導師的話，帝奇神情嚴峻而驕傲地說，「因此，我不認為『血汗飢渴症』的爆發和雷頓家族有關，我會盡力證明家族的清白！」

夜盲蛛的指引

「吼——」

在帝奇的示意下，A 級的巴巴里金獅抖着一身金色鬃毛，發出一聲驚天動地的咆哮，巨大的聲波赫然將血色漿果叢林上方的巖層震開一個大豁口。

大伙兒互相幫忙，順着豁口爬出，重返暗黑森林。此時天已大亮，原來不知不覺間，大家已經奔波了一整夜。

「布魯布魯！」四不像也終於起牀了。

但大家剛一爬出來，布布路就動了動耳朵，提醒道：「不好，附近有人……」

「很可能那隊在森林中滅完火的雷頓家族人馬，還在附近巡邏……」黑鷺導師謹慎地四下張望，「我們得想辦法避開他們，進入雷頓家族的城堡。」

「大家跟我走。」帝奇不動聲色地將惹眼的巴巴里金獅收回怪物卡中，沉穩地邁開步伐，大步朝着與城堡相反的方向走去。

「帝奇，這不是走回頭路嗎？」布布路疑惑地眨着眼睛，「我們好不容易才走到這兒的！」

「放心，」帝奇邊走邊說，「一年前，我被困在這裏的三天三夜不是白過的，我已經在森林中留下隱藏的記號。」說着，帝奇從斗篷下掏出一隻竹筒，打開筒蓋，從裏面倒出一隻通體冰藍色的蜘蛛。

蜘蛛的身體縮成一團，一動不動，看起來像死掉了似的。

「這是夜盲蛛？」餃子好奇地湊上來。見布布路滿臉寫着「夜盲蛛是甚麼東西」的疑問，餃子照例充當起講解員。「這是一種罕見的蜘蛛，生活在生長幽靈藍菇的深層地下，因為長年生活在黑暗中，它們的視力完全退化，只能靠着幽靈藍菇散發出的氣味辨別方向。所以，一旦將它們捕捉起來，放到沒有幽靈藍菇的地方，它們就會十分不安，進入假死狀態。」說話間，帝奇將夜盲蛛放到地上，一接觸到地面，一動不動的夜盲蛛竟一下舒展開八隻蟲足，快速爬起來。

「咦？」布布路又不懂了，「它不是離開幽靈藍菇就會進入假死狀態嗎，怎麼活了？」

「大家跟上！」帝奇一邊招呼大家跟上夜盲蛛的腳步，一邊解釋道，「因為一年前，我從雷頓家族城堡到森林出口沿途都撒了幽靈藍菇的粉末。」

「粉末？」布布路糊裏糊塗地四下張望着，「我怎麼沒看見?」

「你當然看不到，」賽琳娜在一旁拍拍「好奇寶寶」布布路的肩膀，「因為幽靈藍菇只有在絕對黑暗的情況下才會發出幽暗的藍光。一旦到了地面上，它的光就微弱得幾乎透明了，以人類的肉眼根本看不到它的存在，所以才得名『幽靈藍菇』。」

「原來是這樣，好神奇啊！」布布路這才恍然大悟，並一臉羨慕地看着三個同伴，「帝奇，餃子，大姐頭，你們懂得都好多啊！」

面對一臉傻笑的布布路，餃子三人默契地保持沉默。

四 通八達的城堡暗道

在夜盲蛛的指引下，布布路一行五人終於來到目的地——賞金王·雷頓家族的城堡。

在暗黑森林腹地，被層層黑色巨樹包裹的一大片空地上，傲然矗立着一座壁壘森嚴的巨大城堡，城堡上高聳着一座座禦敵的警戒塔樓，塔樓上佈滿森森的武器發射孔，青灰色的城牆散發出陰冷的氣息，給人帶來強大的壓迫感。

城堡的正門有重兵把守，戒備森嚴。帝奇帶着大家繞到城堡

的側面，數着步子走到城牆邊，對着身後的同伴們使了個眼色。

餃子馬上用手比出「明白」的手勢，以他在塔拉斯深挖地道、廣留後路的「光榮歷史」來推測，這塊城牆下肯定有帝奇留下的暗道。

餃子二話不說開始在牆磚的縫隙間摸來摸去。帝奇無奈地拍了拍他的肩膀，指着餃子後腦勺上方半米處的一個排水孔，用口型說道：暗道的入口在那裏。

原來，帝奇說的「暗道」其實就是這座城堡四通八達的排水管道，這些管道都嵌在牆壁和樓層之間，如蛛網一般遍佈整座城堡。

布布路他們一個跟一個鑽進排水孔，在錯綜複雜的管道中左轉右轉，前頭領路的帝奇不時壓低聲音告知大家：「我們現在正位於城堡的中央大廳下……現在是一樓右翼走廊的會客廳……注意，現在我們正好在二樓書房裏第二層書櫃的正上方……」

「帝奇，你們家這排水管道的設計太不安全了吧？」賽琳娜忍不住打岔道，「這樣小偷和外賊豈不是很容易就溜進來了嗎？」

「完全不可能！」帝奇顯然對自家城堡的防禦體系十分自信，面不改色地回道，「首先，沒有人能活着穿過暗黑森林；其次，排水管道中其實也遍佈岔路、死胡同和機關，比如剛才在中央大廳下就設有三十幾道陷阱和路障，我都帶着你們繞過去了。」

聽完帝奇的介紹，布布路他們再也不敢東張西望了，緊張地跟緊帝奇，躡手躡腳地向着管道的深處爬行……

不知爬了多久，帝奇終於停下來，用耳朵貼着管道壁仔細聆聽了半天，在確認安全後，才輕輕拉開管道一側的閘門，跳了出去。

布布路他們也迫不及待地一個跟着一個跳出空氣和味道都令人不太愉悅的排水管。

大家來到一間十分溫馨的房間，室內整齊乾淨，牀單和窗簾都一塵不染，還養着許多美麗的花花草草，跟外面銅牆鐵壁，冷冰冰的氣氛截然不同的是，房間裏沒有任何武器的蹤影，完全不像是賞金獵人住的地方。

「哇，這房間真棒！」賽琳娜驚歎道。

「嘖嘖，雷頓家族的城堡裏怎麼會有這種房間？」餃子托着下巴沉吟道，「莫非我們來到了某位美麗小姐的閨房？」

同伴默契度測試

尊敬的讀者：現在你跟隨布布路一起踏上了成為怪物大師的道路！向所有的困難發起挑戰吧！

這是成為怪物大師的必經之路!!!

MONSTER MASTER
LOVE&DREAMS

請問以下哪一種不是餃子擅長的技能？

A. 護髮
B. 講故事
C. 挖暗道
D. 烹飪美食

答案在本頁底部，答對得5分，你答對了嗎？

■即時話題■

布布路：帝奇，你們家的排水管如此錯綜複雜，你卻相當熟悉安全路線，好厲害啊！

帝奇：這沒甚麼，從我三歲開始，姐姐就喜歡把我扔到排水管裏面，讓我和其他哥哥一起玩捉迷藏！

賽琳娜：三歲……扔排水管裏面……玩捉迷藏……你們家玩的遊戲類型還真特別！

帝奇：特別？捉迷藏不是很普通的遊戲嗎？

餃子：問題是，你們家的捉迷藏地點裏面遍佈岔路、死胡同和機關，你才三歲，你姐姐的心也太大了！

帝奇：我姐姐說，這是要訓練大家的膽識和運氣，我覺得她說得很有道理，只有中過陷阱有了經驗，才能避免以後不中陷阱！我是到八歲那年才完全掌握了排水管的安全路線。

黑鷺導師（無比認真）：帝奇，我真心覺得你能好好地活到現在就是膽識和運氣極佳了！

完成這個測試後，你可以鑒定自己與四位主角的默契程度。
測試答案就在第十四部的 215 頁，不要錯過哦！

答案：D

新世界冒險奇談

第九站 STEP.09

獵霸令

MONSTER MASTER 13

值得信賴的盟友

「哇！帝奇，這是你的房間嗎？」布布路雙眼閃閃發亮，充滿期待地問。

「不，這是雷頓家族一個重要人物的房間。」對於布布路無厘頭的猜測，帝奇抹了把冷汗，尷尬地解釋道，「他的名字叫聖傑曼，是我最信賴的人，我認為他能成為我們這次調查任務的可靠盟友。」

「多年以來，除了極少見面的父母之外，家族裏所有的人都

不看好我，甚至很多人公開表示，爺爺一定是老糊塗了才做出那樣的決定，他們都認為尤古卡才是這一代最強大和最有能力的人。」帝奇的眼中難得浮現出一抹溫情，低聲說道，「在這座城堡裏，只有一個人對我寄予厚望，那個人就是聖傑曼，他從爺爺在世時就是我們家族的管家，家裏所有人都會對他敬畏三分。每當我被家人排擠和羞辱的時候，聖傑曼都會第一時間出現在我身邊，陪伴我，安慰我。在我提出想要離開這裏，去摩爾本十字基地參加招生考試的想法時，聖傑曼也十分支持，他不僅鼓勵我成為一名獨當一面的怪物大師，甚至還冒險幫我製造機會逃出城堡。」

「我明白了，對於帝奇來說，聖傑曼是亦師亦友的重要存在。」餃子總結道。

「噓！」這時，站在門邊探聽外面動靜的黑鷺導師比出噤聲的動作，用口型示意大家：有人來了！

布布路四人相視一眼，忙默契地分散開來，各自在窗戶、暗道和門側等位置隱藏起身形，屏息傾聽門外的動靜。

嗒，嗒……隨着腳步聲慢慢靠近，一個戴着單邊眼鏡的精瘦男人推開門走進來。

帝奇猛地躥過去，一把捂住對方的嘴巴。

「哦！」因為緊張，那人握在手中的手杖應聲掉在地上。

帝奇在那人耳邊輕聲道：「聖傑曼，是我，帝奇！」

一聽到帝奇的聲音，那人的身體立即放鬆下來，反手將房門關上了。

帝奇這才鬆開手，退到距離對方幾步開外的地方。

「帝奇少爺，真的是你？」聖傑曼似乎十分意外，激動地轉過身，「你不是應該在十字基地嗎，怎麼突然回來了？」

他狐疑地掃視着布布路他們，警惕地問道，「你們是甚麼人，是怎麼進來的？」

「對不起，聖傑曼，」帝奇抱歉地看着聖傑曼，「我擅自帶他們進來了，不過，他們都是我的同伴，是可以信賴的人。」

隨後，帝奇向聖傑曼介紹黑鷺導師和布布路他們的身份，並簡要陳述了自己被尤古卡強行從基地帶走的遭遇，只隱瞞了「血汗飢渴症」的事。

「沒想到能從少爺口中聽到信賴二字啊，能交到朋友真是太好了！」聖傑曼看起來頗感欣慰，聽得老淚縱橫。

帝奇臉紅地岔開話題：「我聽說雷頓家族各地的人都回來了，不知道家裏是不是發生了甚麼大事啊？」

「其實……」聖傑曼浮現出若有所思的神情，壓低音量，擔憂地說，「一周前，尤古卡少爺以代理當家的身份，發出了『獵霸令』！」

「獵霸令！」聽到這三個字，帝奇的臉色瞬間大變。

尤古卡的野心

「這不可能！」帝奇驚愕地看着聖傑曼，「哥哥怎麼能以個人名義發出獵霸令？」

「是真的，尤古卡少爺召集雷頓家族所有成員於今日正午在領地的廣場集合。」聖傑曼面色凝重地看着帝奇。

布布路看看帝奇，又看看聖傑曼，一頭霧水地問道：「獵霸令是甚麼東西啊？」

「獵霸令相當於賞金界的盟主令，由雷頓家族歷任的家族首領保管，也只有首領本人才有資格使用。」帝奇神情複雜地說，「每當獵霸令發出，雷頓家族所有的成員必須統統到場，聽首領宣佈有關家族興衰存亡的重要決定。」

聖傑曼接過帝奇的話，神情黯然地回憶道：「雷頓家族上一次發出獵霸令，正是帝奇少爺出生的時候，老首領，也就是帝奇少爺的爺爺當眾宣佈，尚在繈褓中的帝奇少爺將成為雷頓家族的下一任繼承人，並且將家族的守護怪物巴巴里金獅傳給帝奇少爺。當時整個家族一片譁然，人們都不理解，為甚麼那個連啼哭聲都如此微弱的嬰兒能獨獲首領的青睞，成為舉足輕重的繼承人……在一片質疑和抗議聲中，巴巴里金獅發出一聲震天的獅吼，震懾得所有人都乖乖閉了嘴。一片安靜之中，只有帝奇少爺的啼哭聲還在繼續……就是那時，我恍然意識到，在金獅咆哮的威嚇下，所有人都敢怒不敢言，但只有年幼的帝奇少爺不受影響，老首領的選擇定然有他的道理……可惜，並不是所有人都能意識到這一點，他們只是出於對首領和金獅的畏懼，才不得不違心接受這個決定。」

「嗯嗯，帝奇一定是擁有非凡的天賦，才會被他爺爺選為繼承人的！只是大家都沒發現而已！」布布路猛點頭，十分認同聖傑曼的話。

「老首領在發出那次獵霸令後不久就去世了嗎？」賽琳娜小心翼翼地問道。

「是的，等到帝奇少爺長大了一點，他的父母因為長年在外執行任務便把帝奇少爺託付給年長十歲的尤古卡少爺，由哥哥來帶弟弟訓練。尤古卡少爺是雷頓家族這一代中的佼佼者，從小就被譽為天才。他九歲的時候就獨立完成一樁高達三百萬盧克的賞金任務，而且毫髮無傷……因此不論帝奇少爺如何努力，都很難跟得上同時期尤古卡少爺的步伐……

這麼多年來，尤古卡少爺在賞金界的傳奇事蹟數不勝數，族中越來越多的人看重他，歌頌他，擁戴他……整天被溢美之詞包圍，在這種光環的籠罩下，如果有甚麼野心也不奇怪啊……」聖傑曼長歎一口氣，難掩憂慮地說。

賽琳娜聽懂了聖傑曼話中之意，難掩氣憤地說：「我明白了，儘管尤古卡在族內培養了眾多擁護者，但公然篡位的名聲

畢竟不好聽。這時，只有準繼承人帝奇已不在人世，那一切就自然水到渠成了。所以，他就強行把帝奇從基地帶走……」

「照這麼說，尤古卡這次越權發出獵霸令，將家族成員召集起來，應該就是要宣佈帝奇的噩耗，奪下賞金王．雷頓家族繼承人的寶座！」餃子托着下巴，煩躁地沉吟道。

「甚麼？」帝奇露出了難以置信的表情，雖然一直以來他都對尤古卡有種莫名的敬畏，但是尤古卡的確是陪伴帝奇長大的人，比父母，比其他任何人待在一起的時間都更長，雖然哥哥一直很嚴格，但是他始終難以相信哥哥會對他存有殺意這種事……

嚴密封鎖的貴賓區

「我們得幫帝奇捍衛繼承人的身份！我這就去向雷頓家

族的人揭露尤古卡！」布布路在一旁激動地大聲道，賽琳娜和餃子也暗暗點頭。

「慢着！」聖傑曼着急地阻攔道，「大家不要衝動！」

「對，貿然行事只會引來更大的麻煩！尤古卡肯定早有準備，我們好不容易才找到帝奇，最重要的就是保護正統繼承人帝奇的安全，再找機會揭穿尤古卡！」黑鷺導師分析道，又詢問聖傑曼，「聖傑曼前輩，您對雷頓家族目前的局勢最清楚，不知您有沒有甚麼建議？」

「依我看，與其正面和尤古卡少爺硬碰硬，不如先暗中探查清楚他的計劃，等到我們手中掌握足夠推翻他的可靠證據，再借着正午的集會，一舉揭發！」聖傑曼思索着說。

「關於尤古卡的計劃，不知道前輩有甚麼線索嗎？」賽琳娜進一步打探。

「我確實知道一件奇怪的事……」聖傑曼壓低音量，謹慎地說，「就在獵霸令發出的前一天，尤古卡少爺封鎖了城堡的貴賓區！」

「貴賓區？」賽琳娜不明所以地看向帝奇。

「那是雷頓家族接待重要賓客的區域。」帝奇心不在焉地解釋，看起來仍然無法相信哥哥會做出背叛爺爺的事。

「我不知道裏面藏着甚麼，但是尤古卡少爺派出手下的精英心腹對貴賓區嚴加防守，任何閒雜人等都不許靠近，」聖傑曼長歎一口氣，對帝奇說，「帝奇少爺，你有所不知，在你離開的這一年裏，尤古卡少爺的勢力更大了，他大肆招兵買馬，在暗黑森林和城堡內都增加了駐守和防禦力量，那些人個個身手了得，而且都是尤古卡的忠誠心腹，只聽命於他一人。」

「既然貴賓區被嚴加防守和封鎖，極有可能藏着敵人的軟肋，」黑鷺導師眉頭緊蹙，「看來我們得去走一趟才行！」

「那麼帝奇留在這裏，我們幾個去探查！」餃子建議道，畢竟帝奇的安全是第一的。

「這怎麼行！我的家事我怎麼能置身事外？而且要是我不去，誰給你們帶路？」帝奇立刻表示不同意。

「帶路嘛……」餃子看向聖傑曼。

「呃……我雖然很想給各位帶路，但這幾天大批家族成員被召集而來，作為管家我需要負責招待，如果我長時間不露面，恐怕會引起懷疑……」聖傑曼面有難色地看着大家。

「沒關係，您去忙吧，我們自己去就行了！」布布路自來熟地接道。

「沒錯，我會自己解決的！如果我不更強，又怎麼能坐上雷頓家族滿是荊棘的繼承者之位呢！」帝奇的話語鏗鏘有力，眼神充滿堅毅，展現出非凡的氣魄。

黑鷺導師和布布路三人意識到，帝奇在金色旋渦中度過的一年絕不是虛度的，他成長的不只是武力和身高，精神層面更是得到了巨大的提升。

聖傑曼彷彿也被震懾住了，好一會兒，才叮囑道：「少爺，你們要小心，我會支持您的！」

新世界冒險奇談

第十站 STEP.10

激戰，黑夜叉繆拉

MONSTER MASTER 13

A 級巴巴里金獅的實力

在帝奇的帶領下，大家別過聖傑曼，重新鑽進排水管道之中，再次利用四通八達的暗道，左轉右拐地向貴賓區前進……

爬着爬着，管道下隱隱傳來一陣陣古怪的呻吟聲 ——

「嗚嗚嗚！」

「救命啊！好難過！」

帝奇指着管道下方，示意大家，貴賓區已經到了。

貴賓區裏怎麼會有慘叫聲，這是甚麼情況？布布路探出腦袋正要往下看，突然間，一道熾熱的氣流正從管道下方呼嘯着湧來。

嘎——

在一聲尖厲的嘶鳴聲之下，管道閘門轟然粉碎，一隻燃着黑火的鳥撞進管道，向布布路一行俯衝過來！

「是剛剛那個神祕女人的火鳥怪物，大家小心！」黑鷺導師一邊厲聲提醒大家，一邊揮着狼爪手套準備應敵。

管道四壁的磚石頃刻間被烤得通紅，黑鷺導師感覺眉毛都快被燒焦了，皮膚上的水分迅速蒸發。在如此狹窄的空間裏，如果火鳥直接撞過來，大家定然避無可避。

「水精靈！強力水柱！」危急關頭，站在隊伍最後的賽琳娜一個箭步衝向前及時掏出怪物卡，釋放出水精靈。

「唧唧，唧唧！」水精靈晃動着晶瑩的水藍色身軀從怪物卡中躍出，一道強勁的水柱從它口中噴湧而出。

原來，離開暗黑森林，進入雷頓家族的城堡後，它的體能恢復到滿格的狀態。

蘊含了水之牙神祕力量的水柱，直沖向火鳥——

哧哧哧！水與火的對沖爆發出強大的破壞力，瞬間便產生了大量的蒸汽，管道內原本視線就受阻，加上大量的蒸汽後，大家更是甚麼都看不見了……

轟隆隆！布布路他們感到腳下踏空，磚石壘砌的管道因為剛剛巨大的冷熱溫差不堪重負地崩塌了。

「哇啊啊！」大伙兒全都失去重心跌落下去。

「藤條妖妖，藤網攔截！」關鍵時刻，餃子也召喚出怪物，藤條妖妖迅速編出藤網，凌空將大家兜住，雖談不上優雅，大家總算都安全落地了。

一行人落入貴賓區大廳，還來不及看清楚周圍的環境，蒸汽也隨着天花板的坍塌進入房間，眨眼間，大家又甚麼都看不見了。

蒸汽上空的火鳥收起了嘶鳴，也不再振翅，巧妙地滑行起來，準備來個致命的偷襲。

這一刻安靜得不正常，看不清形勢的布布路幾人顯然處於不利地位。

大家正思索着要如何應對，嘭的一聲，一隻巨掌踏出，數寸長的鋒利爪尖劃開蒸汽，瀰漫的蒸汽中出現了一個如小山一般雄壯的巨獅黑影，它魁梧雄壯的身形和粗重的呼吸聲震撼着在場的每一個人。

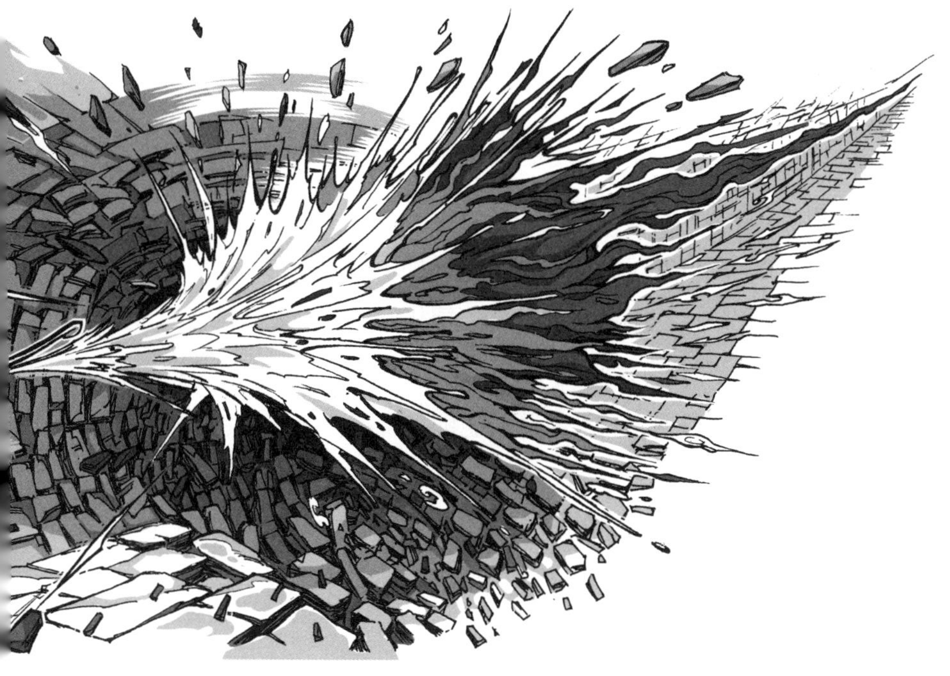

是巴巴里金獅！只見它前腿伸得筆直，後腰弓起……咦？它這是要打哈欠嗎？布布路疑惑地看着這個龐然大物，等待着它的下一步動作，就在這時，奇怪的事發生了——

布布路，不，在場所有人感覺到肺部的空氣不由自主地向外倒流，幾乎無法呼吸。

原來金獅不是打哈欠，而是深深地吸了一口氣。

短短一瞬間，整個房間內的蒸汽竟然全部被它吸入肺中，四周頓時清晰起來。大家正位於一座金碧輝煌的圓形大廳內，這裏應該就是雷頓家族的貴賓區大廳了。

A 級的巴巴里金獅那恐怖的肺活量讓所有在場的人都驚呆了。

火鳥急忙張開雙翅，拼命拍打翅膀減速，盡力讓自己高飛，以抵禦身後金獅巨大的吸力。

「嗷！」隨着一聲震天的巨響，一束肉眼可見的聲波炮從巨獅口中發出，正中火鳥！

因為高低頻交錯振盪，火鳥在那束聲波炮中，被拉扯出好幾個重影。火鳥面容扭曲地極力掙扎着，但卻毫無意義。

它被振盪的聲波炮牢牢束縛着，眼看就將被聲波炮撕扯成碎片，它悲鳴一聲，竟然生生地扯斷了自己的翅膀，狼狽地掉落在地上。

它翻滾着鑽入窗邊的陰影裏，與此同時，只聽到哎呀一聲，一個人從剛剛火鳥鑽入的陰影裏面掉了出來。

現身吧，暗襲者

「哇噢噢噢噢！巴巴里金獅太厲害了！你們看到了嗎？」布布路興奮地又跳又叫。

「布魯布魯！」被搶了風頭的四不像不服氣地抓着耳朵。而其他人此刻的注意力都集中在窗戶邊，如果沒看錯的話，剛剛從牆壁中掉出了一個人。

那是一個看來有些柔弱的女人，她渾身的皮膚呈現出青白色，呼吸急促，手持鋼鞭。

「女人？難道……你就是之前襲擊我們的人？」賽琳娜難以置信地看着她。

「哼，又見面了，你們這些煩人的傢伙。」一個陰冷而熟悉的女聲傳來，驗證了大家的猜測。

「你怎麼會在這兒？」帝奇冷冷地望着女人，毫不掩飾內心厭惡地開口道，「臭名昭著的黑夜叉——繆拉，我家可不歡迎你！」

「說得好像自己是大當家一樣，」繆拉傲慢地還擊道，「我可是你哥哥的親信，你才是那個最不應該出現在這裏的人！」

「黑夜叉甚麼拉？」布布路滿腦子問號，錯愕地問道，「帝奇，你認識她嗎？」

其他人心中則警鈴大作，黑夜叉，光聽這個名號就可想而知，這個叫繆拉的女人定然是個狠角色。

「在賞金獵人界，黑夜叉繆拉原本是個新人，但短短一年便名聲大噪，成為排在黑名單前列的『紅』人。她身手敏捷，行事毒辣，作為一名賞金獵人，她不管雇主是好人還是壞人，只要出價夠高，即使是再卑劣的勾當她也會毫不猶豫地下手……因此短短時間，她犯下了累累的罪行，讓她自己也成為被通緝的要犯，她的通緝懸賞金額高達四百萬盧克！」帝奇面色難看地沉聲對大家說，「但奇怪的是，我從沒聽說過她擁有怪物！」

「四百萬盧克！」賽琳娜瞠目結舌，「好高的懸賞金額！」

「可惜啊可惜……」餃子遺憾地看着繆拉，扼腕歎息道，「這麼漂亮的小姐，竟然是個無惡不作的蛇蠍美人！」

「廢話少說！」繆拉惡狠狠地甩出手中的鋼鞭，直接攻向帝奇。

轟的一聲，地面出現了一條猙獰的裂口，大家立刻閃身退後，對視一眼，赫然明白在暗黑森林裏地面上突然出現吞掉了黑暗潛行者飛行器的裂縫，正是這鋼鞭所致。

誰也沒想到，這樣纖細的手臂，居然蘊含着這麼強大的臂力。但布布路幾人也不容小覷，面對繆拉的剛猛招式，大家從容不迫地尋找着進攻的機會。

轟轟轟 —— 繆拉揮起鋼鞭，那鋼鞭力道強勁，彷彿連空氣也能劈開，眨眼間就在地面上製造出如蛛網般的裂縫，讓他人難以近身，在攻擊的同時完美地進行了防禦。

面對強敵，布布路的鬥志絲毫不減，反而露出了躍躍欲試的表情，他毫不遲疑地舉着金盾棺材直衝而上，一旦敵人變成看得見的就沒甚麼好怕的了。

然而，就在他的拳頭即將碰到繆拉的時候，她身影一閃，消失不見了。

又來這招！這下再次變成敵暗我明，弄不清楚目標的情況了！布布路煩躁地撓着腦袋大吼道：「可惡！堂堂正正比試啊！」

經過幾次對戰，大家猜到，繆拉大抵擁有隱匿於物體間移動的能力，但是……帝奇不動聲色地觀察着，總覺得她身上有些說不出來的疑點，而且那隻掉了翅膀的火鳥怪物他好像在哪裏見過……

而餃子面具後的狐狸眼也滴溜溜地轉動着，好像思考着甚麼，突然，他對帝奇附耳說了甚麼。

「巴巴里！」不知道餃子說了甚麼，帝奇臉上竟然提前露出了勝利的笑容，命令道，「獅王金剛掌！」

在大家的注視下，巴巴里金獅高高揚起巨爪，朝着地面上那數道裂縫的中心拍了下去。

「哇啊啊！」只聽見裂縫下傳來一聲尖叫，繆拉重新現出了真身。

說時遲，那時快，巴巴里金獅的獅爪在距離繆拉頭頂僅剩一指寬的時候停住了，爪上有如鐵鈎般堅硬的趾甲噌的一聲伸長，刺破地面，如同一座牢籠般將繆拉困在爪下。

這一切發生得太快了，布布路和賽琳娜的心跳幾乎都停了，不明所以地喃喃道：「這是怎麼回事？」

「那是因為餃子發現了她的弱點，對吧？」一直默默觀戰的黑鷺導師露出了狡黠的笑容。

「沒錯，」餃子看了眼繆拉，向同伴們解釋道，「你們沒發現她的攻擊很可疑嗎？一方面她可以隨意隱匿身體於其他物體之中，一方面又擁有破壞力強大的鋼鞭武器，如果將這兩招結合起來豈不是更為強大嗎？但是從暗黑森林初遇開始，她就沒有同時使用過這兩招，當她隱匿身體跟我們對戰時為甚麼不用武器呢？是不是有甚麼不能用的原因呢？我想着……終於發現了她的弱點——那就是她雖然可以在物體間移動，卻不能穿越裂縫！如果她藏身的物體遭到了破壞，她自己就會被禁錮起來，一旦製造了裂縫就有可能連自己一起困住，對吧？」

繆拉低頭不語，不過從她的表情看來，餃子已經猜了個八九不離十。

賽琳娜恍然大悟地說：「所以，帝奇立刻就知道了她的位置！因為剛剛繆拉困在自己製造的裂縫之間，根本沒有辦法離開。」

這是成為怪物大師的必經之路!!!

尊敬的讀者：現在你跟隨布布路一起踏上了成為怪物大師的道路！向所有的困難發起挑戰吧！

同伴默契度測試

以下哪一種不是帝奇的專用武器？

A. 光明神之劍
B. 蛛絲
C. 飛刀
D. 五星鏢

答案在本頁底部，答對得5分，你答對了嗎？

■即時話題■

賽琳娜：帝奇，剛剛對繆拉一戰，你完全沒有使用任何暗器呢！果然是因巴巴里金獅的升級而勝券在握的樣子！

餃子：我覺得帝奇是在金錢觀念上終於有所成長了，要知道一把雷頓家族特製飛刀定價一萬盧克，一枚雷頓家族特製五星鏢定價一萬五千盧克，一卷雷頓家族特製蛛絲定價十萬盧克，每次看他戰鬥，我都覺得他就是個亂撒錢的敗家子！

黑鷺導師：我記得帝奇在招生考試中與我哥對戰時撒了無數把暗器，結束之後，他默默一個人在那裏清理回收暗器，沒有餃子你說得那麼敗家。

帝奇：我剛剛只是沒時機丟暗器！另外，我也不是每次都有機會去回收暗器的……

餃子、賽琳娜、黑鷺導師（內心語）：……你到底想表達甚麼意思啊？

布布路：哦哦哦，帝奇，原來你剛剛還是很想對着繆拉扔暗器的啊！

完成這個測試後，你可以鑒定自己與四位主角的默契程度。

測試答案就在第十四部的215頁，不要錯過哦！

新世界冒險奇談

第十一站 STEP.11

隱藏在貴賓區的祕密

MONSTER MASTER 13

豪華房間裏的驚人內幕

帝奇緩步走上前，居高臨下地俯視着被牢牢困在巴巴里金獅爪下的繆拉，目光如炬地問道：「我大哥他發出獵霸令，要篡奪繼承人的位置，這件事是真的嗎？」

「你老實交代，最好別耍花招，」黑鷺導師在一旁嚴厲地補充道，「如果你合作，我會如實向管理協會稟告，說不定能減輕你的罪行！」

「哼！」面對威逼利誘，繆拉面不改色，打算抵死不招。

就在這時，貴賓區大廳的正門，那扇鑲滿各色寶石和黃金翠玉的石門不知何時打開一條縫，一個高大的身影正慢慢踱入大廳……

貴賓區的那扇石門相當厚重，如果打開的話肯定會有聲音，但他們竟沒有一個人聽到。

大家齊齊轉頭，隨着黑影的靠近，每個人都明顯地感受到一股難以形容的壓迫感，那是只有強者才會散發出的威懾氣息。

來人用低沉的聲音，輕蔑地說道：「是我發出了獵霸令，你有意見嗎？」

帝奇目不轉睛地望着那人，嘴角不由自主地顫抖起來，喃喃道：「哥哥！」

這個散發出強大氣場的人就是尤古卡·雷頓！

「尤古卡大人！ 對不起，屬下辦事不力！」落敗的繆拉慚愧地低下了頭。

尤古卡擺擺手，示意她無須多言，就徑直朝圓形大廳另一邊的雕花門走去。

隨着大門的敞開，大家發現，房間裏躺着的竟然全都是藍星各地有頭有臉的政商名流！剛剛他們從排水管聽到的呻吟聲就是從這裏傳出來的。

這些人都還活着，但一個個全都生不如死的樣子，他們在牀上痛苦地呻吟着，毛孔中不斷地排出令人觸目驚心的血汗，身體就像一塊塊正在被用力扭動的抹布一樣恐怖地萎縮着。

「我認得這個人！」餃子指着其中一個穿得珠光寶氣的胖

子，悄聲說，「他是青嵐大陸上一個有名的富商。」

賽琳娜看着地上四處散落的空水瓶，嘴脣哆嗦着說：「天哪，他們得了『血汗飢渴症』！」

布布路瞪圓了眼睛：「甚麼？這就是『血汗飢渴症』？！噢噢噢，真是比報紙上描述得更駭人啊！」

一看到尤古卡，那些人全都連滾帶爬地撲過來，淒慘地哀號着：

「偉大的尤古卡大人，請您賞給我一顆果子吧！」

「噢，我難受得快要死了！拜託您，快把那東西給我，我甚麼代價都願意付出，甚麼條件都答應……」

「給我！尤古卡大人……」

那些平日裏不可一世的大人物，全都不顧形象地匍匐在地上，爭先恐後地讚美和懇求尤古卡，恨不能親吻他的鞋子。

尤古卡揮了揮袖子，地上出現了一堆血色的漿果，那氣味布布路熟悉極了，就是那些怪物屍體上結出的可疑果實。

「先給我！我給您這個，這是您想要的東西吧？」一個小國王儲殷勤地伸手遞過一張紙。

布布路眼疾手快地搶過來一看，不由得怒火中燒，那是用自己的財產和特權交換「血魂之果」的契約書！

可沒想到的是，其他政商名流居然立刻效仿，瘋狂地獻上自己的財產契約書，卑躬屈膝地捧到尤古卡面前，奴相畢露，只為換取一顆血魂之果。

繼承人的資格

大家瘋狂爭搶着果實，得到果實的人立即大口吞食起來，一時間，大廳裏響起此起彼伏的吮吸和咀嚼聲，貪婪而滿足的神情就像是在品嘗着瓊漿玉露，猩紅而黏稠的汁液塗得他們滿身、滿臉都是，看得布布路他們不寒而慄。

「你哥哥冠冕堂皇地分發血魂之果，」黑鷺導師靠在一邊，對帝奇說，「這樣一來，等於告訴大家，雷頓家族就是『血汗飢渴症』事件的始作俑者了哦！」

不用黑鷺導師多說，更為震驚的毫無疑問是帝奇。看到這一幕，他猶如五雷轟頂，腦中嗡嗡亂響，一直以來，帝奇都相信哥哥不會做辱沒雷頓家族名聲的事情，可如今，事實似乎已經擺在眼前……

帝奇看着尤古卡，欲言又止。他目光閃爍着，躊躇着，似乎不想把這最後一絲維繫着親情的紐帶給拉斷。終於，他深吸了一口氣，質問道：「大……大哥，我不明白……為甚麼……為甚麼你要弄出『血汗飢渴症』？為甚麼……為甚麼要把我送進那團金色旋渦？為甚麼要召集所有人發出獵霸令？」

面對帝奇越來越激烈的質問，尤古卡的眉頭浮現出一絲不耐煩，輕蔑地說：「我以前教過你，與其像個不懂事的孩子一樣去問『為甚麼』，不如靠自己的力量去發掘真相！只知道把『為甚麼』掛在嘴邊，是愚蠢、懶惰和無能的體現！要成為雷頓家族的繼承人，以現在的你，還遠遠不夠資格！」

「這麼說……大哥，你發出獵霸令，是真的想取代我成為家族的繼承人嗎？」帝奇被教訓得面頰赤紅，眼睛難以自控地濕潤起來。

「你有意見嗎？」尤古卡毫無愧色地反問道，「讓更有能力的人繼任，對整個家族來說，難道不是件好事嗎？」

「我……」就像有根骨頭卡在喉嚨裏，帝奇哽咽得說不出話。

「我有意見！」布布路聽不下去了，大步走到帝奇身旁，毫無畏懼地對尤古卡說，「如果你真的認為自己更適合成為繼承人，為何要擅自發出獵霸令並且暗中謀害帝奇呢？」

「布布路說得沒錯！你們的爺爺早就決定讓帝奇當雷頓家族的繼承人，並把家族的守護怪物——巴巴里金獅傳承給他

了！而你竟然公然搶奪弟弟的繼承人位置，真是讓人不齒！」賽琳娜也站出來，生氣地說。

「尤古卡大哥，聽說自從您當上『代理當家』之後，就大肆招兵買馬，呵呵，像黑夜叉這種人，您一定沒少勾結吧？至於『血汗飢渴症』的事，我就不多說了。」餃子眼中閃着精光，慢悠悠地沉吟道，「你們雷頓家族雖然以賞金任務為生，但一向自詡光明磊落，一旦這些事傳出去，你認為族人還會支持你嗎？」

「我怎樣鞏固自己的勢力，這是我的自由，不勞你們操心。而甚麼樣的人能成為賞金王家族的繼承人，是我家的家事，你們更是沒有資格插手！」尤古卡對大家的質疑十分不屑，挑釁般地對帝奇說，「如果想要守住繼承人的位置，想想甚麼才是最重要的吧！」

難以對抗的敵人

「繼承人的位置我根本就不在乎！但你這麼做會毀了雷頓家族！我絕不允許！」

尤古卡話音未落，帝奇已經怒吼着出手了。他雙眼赤紅，一個縱身高高躍起，迅雷不及掩耳之間，一大把暗器如旋風般向尤古卡射出。

看到帝奇發起凌厲的進攻，尤古卡不怒反笑，他身形沉穩地站在原地，既不躲閃也不回避，只是抬起右手輕輕一揮，就如同在撥開一面綿軟無力的紗簾。

在一陣清脆的金屬碰撞聲中，帝奇釋放出的暗器全都像是碰到銅牆鐵壁一般，掉到地上。

「好厲害！」布布路看傻了眼，完全沒明白尤古卡是怎麼辦到的。

不過既然帝奇和哥哥開打了，其他人也默契地召喚出怪物

準備一齊擒住尤古卡。

「布魯布魯！」四不像更是張牙舞爪，躍躍欲試，彷彿很期待跟尤古卡打上一場。

眾人快速形成包圍圈一擁而上，尤古卡臉色卻沒有絲毫慌亂，他雙眼直視帝奇說：「繼承人的寶座佈滿荊棘，帝奇，你還差了一件東西啊……」

尤古卡一邊說着意味不明的話，一邊張開雙臂，在大家的身後，一團金色旋渦悄無聲息地在圓形大廳中出現了，其核心位置正是困住繆拉的巴巴里金獅腳下。旋渦一形成就立即高速旋轉起來，將黑夜叉繆拉以及囚住她的

巴巴里金獅吸進了旋渦眼。

「巴巴里！」帝奇眼疾手快地撲上去，一把拽住金獅的尾巴。

但旋渦裏就像有千萬噸的吸力，加上金獅的體重，帝奇使盡了全力也拉不住，反而也向着旋渦急速滑行。布布路趕緊拉住帝奇的腳踝，賽琳娜和餃子又拉住布布路，最後黑鷺導師拉住了餃子，形成了一條人鏈。

只是五人的力量在旋渦的巨大吸力面前顯得微不足道，眼看大家都要被吸進去了，巴巴里一個甩尾，將帝奇幾人推了上去，便消失在旋渦中。

大家狼狽地摔倒在地上，帝奇手中只剩下一撮金色的毛……

金色旋渦迅速淡化，隱沒在空氣中，幾乎是同時，帝奇感覺到跟巴巴里的心靈聯繫消失了。

中計了！大家這才明白尤古卡根本沒打算跟他們糾纏，一開始他的目的就是擄走繆拉和巴巴里金獅。

就在大家一臉茫然的時候，尤古卡突然像一道陰風般吹過眾人身側，消失了……

大家身後，貴賓區大廳沉重的石門合攏了，包括排水管暗道在內的所有出入口也全部封死。

新世界冒險奇談

第十二站 STEP.12

繼承人的危機

MONSTER MASTER 13

白尾的祕寶

巴巴里金獅被擄走，貴賓區也被封死了，這下子大家成了甕中之鱉，沒處可逃了……

黑鷺導師看了看時間，提醒大伙兒道：「獵霸令的集會很快就要開始了，尤古卡定然是想取代帝奇，才把我們困在這兒。但他招兵買馬、廣榨錢財，甚至囚禁這些政商名流，這些做法讓我有種不好的預感，我們必須得趕到集會現場，阻止他犯下更大的錯誤！」

但……如何出去呢？

一時之間，大家都沉默了，餃子看着大廳裏那些神志不清、渾身覆滿血汗的政商名流，眼皮不安地狂跳。

帝奇一言不發地癱坐在大廳的一角，面色凝重。賽琳娜擔心地看着心事重重的帝奇，她知道，帝奇現在的心情一定十分複雜，比起於事無補的安慰，大家現在更應該做的，是逃出這裏，阻止事態的進一步惡化。

可此時雷頓家族的機關可不是唬人的，貴賓區的所有出入口全都被封死了，別說是人，連只蚊子都飛不出去。

就在大家一籌莫展之際，一個肥碩而虛弱的身影慢吞吞地蹭過來，有氣無力地說：「我，我有辦法……」

說話的正是餃子提到的青嵐大陸的胖富商。胖富商的臉上長着巨大的黑色胎記，渾身裹着一層黏糊糊的血汗，難看地訕笑着說：「我叫白尾 ，雖然我也吃了血魂之果，但我剛剛被關在這裏不久，所以還沒有像別人一樣意識不清。如果我告訴你們逃出這裏的辦法，你們能帶我一起走嗎？」

「當然，我們會把這裏的人全都救走。你快說，是甚麼辦法？」布布路拍着胸脯回道。

「以前我在青嵐大陸認識一位了不起的怪物大師，那位大人是某個大國皇家護衛隊的隊長，他的怪物擁有切開空間製造通路的能力！」胖富商眨着綠豆眼，有點不好意思地繼續說道，「嘿嘿，你們也知道，對於我這種有錢人來說，這種能力太重要了……」

大家都沒在意富商說的後半句話，因為這個怪物的能力越聽越耳熟，怎麼聽都像是在說餃子的青梅竹馬 ——戈林。

「只是，那位遠在他鄉的怪物大師即使有心幫助我們，恐怕也鞭長莫及吧？」餃子狐疑地托着下巴。

「不不不！不用她親自過來。我這裏有一件寶貝！」胖富商神祕兮兮地從懷裏掏出了一張皺巴巴的紙片，上面寫滿了密密麻麻看不懂的文字。他突然壓低聲音說道：「這可是我花了大價錢從黑市買回來的，它能記錄並且使用一次怪物的能力！我們這種富商就怕生命安全受到威脅，所以我得到這件寶貝之後，第一時間就想到去找那位隊長大人。在我苦苦央求之下，她終於讓我記錄下她怪物的能力，這可是在最關鍵時刻救命用的……」說罷，他又捏緊了手中的紙片，不太放心地看了看布

布路一行人。

餃子立馬看穿了富商的心思，馬上上前一步說道：「您放心，我們身為十字基地未來的怪物大師，一定會全程保護您的安全，不會讓您和您的財產再次蒙受損失！」

胖富商也實在不想再忍受這裏的詭異氣氛，只想快點離開這裏，在餃子的一番勸說之後也不再猶豫。

只見他將紙片放在手中用力一拍，隨着啪的一聲響，紙片上那些歪歪扭扭的文字竟然從胖富商的手中飛了出來！

與此同時，不遠處的牆壁上形成了一個四四方方的空洞，那正是戈林的怪物地獄犬的能力——空刃之門！

「哇噢噢噢，好厲害！真的是空刃之門！」布布路激動地大叫起來。

「我們快走吧！」跟興奮的布布路不同，餃子着急地催促道，「我記得空刃之門能持續的時間有限……」

餃子話音未落，黑鷺導師和賽琳娜已經在招呼其他政商名流過來。

然而這些政商名流都萎靡不振地縮在角落裏，根本提不起勁兒邁出腳步。餃子無奈地歎了口氣，一道光亮自他夾在手指間的怪物卡中迸射而出，藤條妖妖現身了。

「唧——」一大朵紅花在藤條妖妖的頭頂瞬間綻放，無數散發着清香的綠色粉末隨之飄散，順着空氣被吸入人的體內，眾人只覺精神一振，通體舒暢，那些政商名流更是突然變得神清氣爽起來。

而帝奇卻一動不動，眼中沒有絲毫神采，就像失去了靈魂的木偶一般。

「帝奇，我們走！」布布路快步走過去拉起一直沉默的帝奇。

看着布布路精力充沛的樣子，帝奇突然開口問道：「布布路，到底是甚麼讓你總是充滿了幹勁呢？即使我們出去了也不一定能打倒哥哥吧？」

「因為沒有困難的勝利，一點意思也沒有啊！只有戰勝強大的敵人才有趣啊！對吧？」布布路傻笑，「所以對手是尤古卡，我覺得很有趣，當然，雷頓家族我也覺得很有趣！」

「笨蛋就是無憂無慮啊！」帝奇抬起頭，嘴巴漾出了一絲笑意，看起來恢復正常了。

要是一年前，帝奇肯定不會理會像布布路這種傢伙，但不知為何，就是這種被他視為笨蛋的傢伙說出來的簡單話語，此刻卻給予了他莫名的力量，讓他心頭一熱，渾身同樣湧現出昂揚的鬥志。

無神坊的疑惑

大家一個接一個地通過空刃之門，一道光滲透進來，大家神奇地穿牆而過，到了石門外面的走廊裏。

然而新的問題接踵而至，大家不能帶着這麼多深受「血汗飢渴症」折磨的人一同行動，在趕去集會的廣場前，得先想辦法安置這些政商名流。

「去無神坊吧，那裏是雷頓家族的禁閉室，離這裏不遠，平時也不會有人去。」帝奇似乎早有想法，大步流星地走到了大隊伍的前面。

隨後，他用細不可聞的聲音說道：「這一次，我要自己尋找答案。」

「那就這麼辦，」黑鷺導師當即做出決定，「各位生病的人先到無神坊稍作休息，症狀較輕的白尾跟我們一起去集會現場，充當人證，揭穿尤古卡的陰謀，隨後我們再來接你們。」

帝奇帶着一大羣人小心翼翼地轉進一條掛滿了畫像的走廊，帝奇將走廊盡頭他爺爺——霍克·雷頓的畫像往下一拉，地面上出現了一條暗道，涼颼颼的冷氣從地下竄出來，吹得大家汗毛倒豎。

大家沿着陰冷的台階向下走了幾步，推開一扇焦黑的鐵門，進入一間空曠幽暗的房間。

「這裏就是無神坊，」帝奇面無表情地介紹道，「雖然不如貴賓室那麼舒適，但我想應該可以暫保各位平安。」政商名流們一邊打量着，一邊露出嫌棄的表情，但為了自己的安全，他們也不敢挑剔，只好隨意找地方坐下。

而再次進入無神坊的帝奇表面上波瀾不驚，其實內心卻已掀起驚濤駭浪。因為牆壁上那三百多條他親手刻下的痕跡清晰可見，而桌上、牀上、地面上也留下了無數道大大小小、深深淺淺的戰鬥痕跡。

這些痕跡在帝奇的記憶中一直存在，但他卻從沒有在意過，也從未想過這些痕跡是如何留下的。

但此刻，帝奇觸摸着印痕的手微微發顫，因為這些痕跡告訴他，他和爺爺持續一年的戰鬥是真的，他真的曾經在無神坊中待了一年……然而現實中卻只度過了半天時間，這種奇怪的事怎麼可能發生，又是怎麼發生的呢？

「哥哥究竟在搞甚麼鬼，我一定要親自調查清楚！」帝奇下定決心般低語道。

「穿上這個！」帝奇從櫃子裏拿出幾身黑色長斗篷，給大伙兒罩上，「看來我們要抓緊時間了！」

「嗯！」布布路重重點頭，幾人不敢再耽擱，黑鷺導師叮囑了政商名流們幾句後，便帶着白尾快步離開。

被廢除的繼承人

帝奇帶領着大家在城堡中小心翼翼地穿行，沒多久，在靠近城堡中區的露天廣場時，他們聽到人聲漸起，那裏正是獵霸令中規定的集會地點。

「聽說這次的獵霸令是代理當家尤古卡發出的？」

「指定繼承人帝奇·雷頓去哪兒了？」

「我可是從千里之外趕回來的呢，不知道要宣佈甚麼事呢？」人羣中不時傳來竊竊私語，慶倖的是，沒有人注意到帝奇就在他們中間。因為是賞金獵人的集會，參與者大都包裹得嚴嚴實實，披着黑斗篷的布布路一行人也混跡其中，絲毫都不覺得顯眼。

當廣場大鐘的時針指向十二點的時候，尤古卡準時出現在廣場中央的高台上，他渾身散發出強大的壓迫感，當陰沉的目光凌厲地掃向人羣時，人頭攢動的廣場頃刻間鴉雀無聲。

「大家好，我是發出這次獵霸令的尤古卡·雷頓！」尤古卡居高臨下、不怒自威地說道，「我召集大家來的目的，是要宣佈，我要以賞金王·雷頓家族的名義，廢除帝奇·雷頓的繼承人身份！」

雖然早就做好了心理準備，但親耳聽到尤古卡的宣佈，帝奇還是渾身一顫，心中湧出百種複雜的情緒，廣場上更是瞬間炸開了鍋。

嘈雜的聲潮中，一個腹肌發達的高個子大聲喊道：「大哥，咱爸媽執行機密任務多年不在家，所以你成了代理當家，不過也終歸是個代理，你這樣直接廢掉咱小弟的繼承人身份，合乎規矩嗎？」

「閉嘴！別讓我再聽到你這毫無美感的大嗓門！」高個子的身邊，一頭飄逸長髮的美少女兇狠地白了他一眼，沒好氣地回應道，「帝奇本來就沒有成為繼承人的實力，一想到他在大哥面前畏畏縮縮的模樣，我就火大極了，廢掉他也不可惜！」

「 可他畢竟是爺爺親自指派的，還繼承了巴巴里金獅……」和尚頭的少年說話吞吞吐吐的，沒了下文。

不過當他提到家族守護怪物巴巴里金獅時，整個廣場頓時陷入冷凝般的寂靜，大家都知道怪物也是會選擇主人的，因此得到家族守護怪物的認同甚至比當家人的指派更具有公信力。

這一刻，所有人都看向尤古卡，等着他做出解釋。在眾人的注視之下，尤古卡不動聲色地揮動着手臂，他身後的門中，一隻巨大的金獅傲然走了出來。

「太好了，巴巴里金獅沒事！」布布路湊到帝奇耳邊，興奮地小聲道。

可接下來發生的事，卻讓帝奇和布布路他們全都驚呆了——

巴巴里金獅居然乖乖地站到尤古卡身後，還溫順地用鬃毛磨蹭着尤古卡的面頰，儼然是尤古卡的忠誠守護者。

廣場上一片肅穆，所有賞金獵人都用敬畏的目光看着巴巴里金獅，以及它身邊那個氣場強大的男人——尤古卡·雷頓。

同伴默契度測試

請問空刃之門是屬於哪只怪物的能力？

A. 魔靈獸
B. 地獄犬
C. 帝王鴉
D. 諾登斯

答案在本頁底部，答對得 5 分，你答對了嗎？

■即時話題■

賽琳娜： 餃子，你覺得戈林像是那種會隨便把自己的怪物能力複製給別人的人嗎？

餃子： 其實我也覺得她不像這種人，但如果有個肥頭大耳的胖子整天跟着我屁股後頭嚷嚷着，求求你啊，這是救命大事，求求你救我一命啊…… 我大概也會屈服的。

帝奇： 沒想到你耳根子這麼軟！

餃子： 不是我耳根子軟，是我不耐熱，你沒看到那胖子滿身都在流油一樣地流汗嗎？

布布路： 嘿嘿，我覺得他看上去很好吃！

其他三人： (⊙ｏ⊙)……

布布路： 不是啦，我是說他看上去很喜歡吃的那個「好吃」！

黑鷺導師： 比起你們幾個以貌取人的無聊話題，我倒是希望你們注意一下，白尾提到在黑市購得的這件祕寶，我還是第一次聽說…… 值得留意！

完成這個測試後，你可以鑒定自己與四位主角的默契程度。
測試答案就在第十四部的 215 頁，不要錯過哦！

MONSTER MASTER ✦LOVE & DREAMS✦

這是成為怪物大師的必經之路!!!

尊敬的讀者：現在你跟隨布布路一起踏上了成為怪物大師的道路！向所有的困難發起挑戰吧！

答案：B

新世界冒險奇談

第十三站 STEP.13

背離的人心
MONSTER MASTER 13

出乎意料的背叛者

望着高台上的尤古卡和巴巴里金獅，帝奇臉色蒼白，身體不停地顫抖，豆大的汗珠順着他的額頭滾落下來。

巴巴里金獅就近在眼前，可不論帝奇怎麼努力，都無法恢復和金獅的心靈感應，他心中無法抑制地湧出一個他不願去想的念頭：難道……巴巴里金獅放棄自己，選擇了哥哥嗎？

家族守護怪物巴巴里金獅的背離，等於向賞金界公開發出聲明——帝奇·雷頓不配做繼承人！

「帝奇，我們和怪物經歷那麼多生死難關，怪物們從來沒有丟下我們，這一次也不會的。」餃子挪到帝奇身邊，小聲說，「別着急，巴巴里金獅大概是被尤古卡控制了。」

「對，我們的怪物都是忠心為主的好怪物，不會背叛主人。」布布路絞盡腦汁地安撫帝奇道，「就連四不像也會偶爾在關鍵時候出來救我一下呢。」

「帝奇，千萬別被迷惑了。」賽琳娜擔心地輕按帝奇的肩膀。

「嗯，大家放心……」黑色斗篷下，帝奇帶着重重的鼻音輕聲說，「我相信巴巴里！」

大家的心這才落回肚子裏。

可就在這時，廣場上傳來一個稚氣未脫的童音：「我推舉尤古卡哥哥成為雷頓家族的新任當家！」就見那個大嗓門的高個子頭頂上輕盈地站着一個綁團子頭的可愛小孩，小孩一臉笑眯眯的模樣，但這個提議卻狠狠凌遲着帝奇的心。

那孩子正是帝奇最疼愛的小妹妹，此刻，他的親人們全都放棄了他，不止他們，在場的人都成了尤古卡的追隨者——

「我同意！」

「連巴巴里金獅都表態了，沒有比尤古卡大人更合適的人選了！」

「我們擁護尤古卡大人，誓死追隨尤古卡大人！」

此起彼伏的呼聲漸漸形成氣勢驚人的聲浪，所有的賞金獵人都整齊劃一地高呼道：「廢掉帝奇，推舉尤古卡！廢掉帝奇，推舉尤古卡！」

雖然布布路他們早就知道帝奇在家族裏不受待見，但這樣輕易就全盤倒戈的陣勢還是讓大家意外又憤慨。

「帝奇，不管他們怎麼說，我永遠支持你！」在顛覆的聲潮中，布布路目光閃閃地望着帝奇。

「吵死了！」大姐頭生氣地推開身邊亢奮高呼的賞金獵人。

連一向不愛惹事的餃子也氣憤地說：「是時候站出來揭露尤古卡的真面目了，帝奇！」

「嗯！」三個同伴充滿信任和堅定的眼神給了帝奇力量，他點點頭，帶着白尾朝着高台走去，布布路三人不離不棄地跟在帝奇身邊。

「甚麼人？」高台下的衛兵惡狠狠地攔住六人。

「退下！」帝奇一把摘下遮臉的面罩，厲聲呵斥道。

「是少當家……」看清帝奇的臉後，不光是衛兵，整座廣場都靜下來。

「讓他上來。」在尤古卡的示意下，衛兵連忙讓出路，放帝奇一行登上高台。

帝奇步伐沉穩地走上前，毫不畏懼地站到尤古卡身旁，對着台下面面

相覷的族人大聲道：「大家沒有看錯，我是帝奇．雷頓，我今天回到這裏，是為了提醒各位，不要被眼前的假像迷惑，如果讓尤古卡成為家族繼承人，那雷頓家族傳承百年的輝煌和榮耀將盪然無存！」

「不許你這樣污蔑尤古卡大人！」面對帝奇嚴厲的說辭，有人發出抗議。

「我剛剛從雷頓城堡的貴賓區回來，在那裏，我看到很多身陷『血汗飢渴症』中的政商名流……」面對一雙雙質疑的眼睛，帝奇無畏地說出自己的見聞，最後，他聲色俱厲地強調道，「尤古卡勾結黑夜叉之流，利用血魂之果逼迫政商名流簽下不平等的財富轉移契約，玷污了雷頓家族幾百年來固守的光明磊落的聲譽，我不認為他有資格成為家族繼承人！」

聽完帝奇的陳述，廣場再度嘩然些身經百戰的賞金獵人怎能容許自己被人這樣戲弄，一個個生氣地發出抗議，要求尤古卡解釋清楚……

然而尤古卡的支持者顯然不在少數，他們對抗般喊道：

「勾結罪人，陷害名流？這麼大的罪名，怎能輕信一面之詞？」

「要指控尤古卡大人，麻煩你拿出證據來！」

消失的證據，淪為眾矢之的的帝奇

「我就是證據！」白尾應聲站了出來，他拉起袖子，捲起褲腳，就見他渾身佈滿血汗。

「我的天，真的是報紙上所說的『血汗飢渴症』！」

「區區一人而已，不足以為證，說不定他們是一伙兒的。」

「而且這個人容貌猥瑣，我並不記得藍星上的哪位名流長成這副德行！」

賞金獵人們輕蔑的態度激得白尾肝火大動，氣呼呼地嚷道：「你們敢鄙視我的長相，我的身家背景說出來能嚇死你們這些人！」

對此，台下的人羣越發騷動——

「嘖嘖嘖，名流必然具備良好的品行，聽你這副腔調，分明是一介粗鄙莽夫。」

「這位還算是症狀輕的，還有許多人比他更嚴重，我們把那些人……」帝奇正準備說出其他人藏在無神坊的事，但話到嘴邊他又咽了回去，畢竟目前來參加集會的人以尤古卡的擁護者為多，或許有些人根本不在意尤古卡暗地裏的勾當，就等着他們把政商名流們的藏身之地說出來。

帝奇想了想，目光灼灼地看着尤古卡，一字一頓地說：「不管怎麼說，暗黑森林地下的那片植物是消滅不掉的證據！」

「對！」布布路立刻點頭附和，「暗黑森林下有一大片邪惡的植物，這些植物是吸收怪物屍骨的養分成長的，結出的血魂之果會迷惑人心，還會讓人上癮。」

「那麼，就派人去找找看吧，但如果找不到的話……」尤古卡冷冷笑着，看起來並不意外。

尤古卡冷冰冰的笑容讓空氣中陡添一絲寒意，難道尤古卡還設了甚麼陷阱嗎？

「等等，憑甚麼讓你們去啊？」餃子看出了帝奇的擔憂，跳出來大聲說，「我根本不相信你們，要去大家一起去，免得再有人暗中使詐！」

餃子的提議也意外引來台下幾個賞金獵人的支持——

「對，我們也要去！」

「我也不想總是被人牽着鼻子走！」

「空口無憑，我們要親眼看到證據！」

在強烈的呼聲下，尤古卡命令聖傑曼帶隊，大批人馬全部開入暗黑森林，尋找布布路提到的那片血魂之果。

聖傑曼擔憂地看了眼帝奇，微微朝他欠了個身，便示意大家出發了。

進入森林後，帝奇釋放出夜盲蛛，上百人的大隊伍浩浩蕩蕩地跟着小小的夜盲蛛在森林中穿行起來……

可是，不論怎麼繞，布布路他們卻再也找不到之前走過的路了，那個被巴巴里金獅轟出來的地洞完全消失了，連填補的痕跡都沒有留下，暗黑森林裏所有的地方都不可思議地恢復原狀。幽靈藍菇的粉末路徑也被人惡意破壞了，夜盲蛛不斷地帶着眾人在森林裏繞圈圈。

「這些人分明是把我們這些賞金獵人當猴子耍，害大家在森林裏兜圈子！不能讓他們再搗亂了，應該把他們統統關進大牢！」焦躁的氣氛之下，有人火上澆油地叫囂道。

「對，把他們關起來！」

「我早就知道他們是在污蔑尤古卡大人！」

「甚麼血魂之果，我從來沒聽說暗黑森林裏有那種東西，一派胡言！」

賞金獵人們開始齊聲附和，剛剛對帝奇燃起的一點希望之火就這麼被澆滅了，而這一次，人心徹底背離帝奇，向着尤古卡而去……

騙局，記憶中的黑狐文身

氣憤的賞金獵人們叫囂着要將帝奇幾人五花大綁地投入城堡的地牢中。

布布路幾人對視一眼，用眼神溝通起來：

「要硬拼嗎？」——布布路

「可是……暗黑森林裏怪物的能力嚴重受到影響。」——賽琳娜

「不拼就只有死路一條了。」——餃子

「只能靠自己了，先出去再想辦法！」——黑鷺導師

「布魯布魯！」（煩死了，快動手！）——四不像

就在大家擺出備戰姿勢，準備衝出一條血路的時候，帝奇突然對大家使了個眼色，意思是「等等」。就見一個熟悉的身影從隊伍中走了出來，正是聖傑曼。

「就讓老夫這個雷頓家族三代的管家來負責押送他們吧！」聖傑曼主動請纓道，並對帝奇偷偷眨了下眼睛。

這次連遲鈍的布布路也明白了，疼愛帝奇的老管家大人定然是以押送為名，準備偷偷將他們放走。

想到這裏，大家身體放鬆下來。裝模作樣地掙扎了兩下，就跟着聖傑曼帶領的一隊人馬走了。

回到雷頓家族的城堡，聖傑曼示意其他人退下，帶領大家走進了側面的一道安全門。

出乎意料的是，就在布布路一行人跟着聖傑曼走上城堡側

面的螺旋樓梯時，狹窄和黑暗的台階上赫然現出一團血紅色的旋渦，一下將五個人連同白尾全都吸了進去。

聖傑曼狂妄的笑聲從旋渦虛無的上空傳下來，像一記記重錘撞擊着大家的耳膜：

「哈哈哈哈哈，帝奇・雷頓，這下子你終於無路可逃了……成為歷史的祭品，與……一起消失吧！」

驚慌和混亂之下，大伙兒無法集中注意力聽清聖傑曼到底說了甚麼，但帝奇赫然想起了一件事 ——

小時候，他曾經在聖傑曼背上看到過一隻有翅膀的黑狐文身，而黑狐的樣子分明跟黑夜叉那隻火鳥怪物一模一樣……

「噢噢噢噢！」天旋地轉之中，大家感覺自己就像被捲入高速轉動的輪盤中，全身的肌肉和骨骼都被扭擰得咔嚓咔嚓亂響。

很快，大伙兒就一個個喪失意識，昏了過去……

新世界冒險奇談

第十四站 STEP.14

歷史的祭品
MONSTER MASTER 13

穿越時空？置身四百年前的琅晟古國！

「嘿嘿，四不像你不要再鬧了，好癢，癢死了！」一陣撓癢中，布布路哈哈大笑着從昏睡中甦醒過來，

可是，一睜開眼睛，布布路立即石化了。一隻又醜又髒的大黃狗正流着涎水，耷拉着臭烘烘的舌頭，一下一下地舔着自己的臉，原來布布路正四仰八叉地躺在一條污水溝旁邊。

「哇！」布布路慘叫着，一個鯉魚打挺跳起來，吃驚地打量着四周，「這是甚麼地方啊？」

這是一條熱鬧的商業街道，來來往往的人們裝束風格都十分奇怪，衣服的款式也很是復古，街道兩旁的建築和裝飾更是布布路從來沒見過的古樸格調。

餃子他們和白尾都目光呆滯地坐在污水溝的不遠處，看起來他們也剛從昏迷中醒來沒多久。

布布路好奇地拉住一個過路的中年人，問道：「大叔，請問一下，這是甚麼地方啊？」

「這是琅晟！連自己在哪兒都不知道，真是怪人！」中年人厭惡地看着渾身發臭的布布路，像躲神經病一樣加快腳步走開。

「狼城？」布布路納悶地回味着，一時間還沒反應過來，「這裏有很多狼嗎？」

在布布路身後，黑鷺導師和餃子他們早就驚得目瞪口呆了：琅晟……難道大家現在正身處琅晟古國嗎？

「這不可能，琅晟明明在四百年前就滅國了……」黑鷺導師難以置信地說。

「但這裏並不像是幻境……」賽琳娜不安地四處張望着，「不僅是建築，還有這麼多活生生的古國居民。」

「嗯，我能感受得到他們的氣息，這些人絕對都是真實的！難道我，我們穿越時空了嗎？」餃子不相信地掐着自己的手臂。

「我記得，在我們掉進血色旋渦之後，聖傑曼說過，讓我們跟甚麼東西一起消失，」賽琳娜則警覺地提醒大家，「他說的是不是就是琅晟古國？」

「我想，這血色旋渦和我之前進入的金色旋渦也許都是某種時空轉換，金色旋渦將我送到了爺爺還活着的時候，而這一次是四百年前……」帝奇眉頭緊鎖，若有所思地說，「而且，我想起來聖傑曼他……」

接着，帝奇對大家說起聖傑曼的黑狐文身。

「原來如此，那怪物是黑狐而不是火鳥啊！」賽琳娜恍然大悟地說。

「難道說，黑夜叉繆拉根本不是尤古卡的手下，而是聖傑曼的手下嗎？」布布路驚訝地推測道。

「不不不，極有可能他們都是一伙兒的，繆拉也好，聖傑曼也好，都是尤古卡的手下，如果我沒猜錯的話，黑狐是聖傑曼的怪物，偽裝成火鳥借給繆拉使用，為尤古卡服務……嘖嘖，這麼說來，尤古卡真是不簡單啊！」餃子摸着狐狸面具，感歎道。

對此，帝奇倒是顯得出奇的冷靜，他淡然地說：「賞金獵人的世界原本就是弱肉強食，大家只會擁護強者，只會記住勝利者的名字，不能怪聖傑曼，要怪只能怪自己太弱……」

看到帝奇強裝鎮定，背在身後的雙手卻在顫抖，布布路上前拍了拍他的肩說：「沒關係，我們會變得更強的！未來不會輸給任何人！」

不知為何，說這話的布布路看起來熠熠生輝。其他人不由得都贊同地點點頭，彷彿在這一刻看到了所有人都成為怪物大師的美好未來。

「咳咳，現在我們要先想辦法回去才行啊！」黑鷺導師提醒道。

可是，之前那個金色旋渦帝奇用了一年時間才逃出來，那麼，眼前這個龐大而逼真的世界，大伙兒逃出去的難度就可想而知了……

祖先，卡特大人

想要從四百年前回到現實似乎困難重重，但布布路一點兒都不着急，他新奇地東張西望，興奮地對大家說：「之前黑鷺導師不是說，琅晟一夜滅國的原因是個謎嗎？既然我們來到這兒了，說不定能親眼見證歷史的真相呢，噢，好期待！」

布布路的樂觀讓大姐頭青筋暴跳。

「大姐頭，布布路說得不無道理啊，在金色旋渦中，帝奇用一年時間跟霍克·雷頓打成平手，才得以回到現實，照這個邏輯來看……」餃子卻像是被布布路點醒般，眼前一亮，沉吟道，「如果聖傑曼真的是打算讓我們跟琅晟一起消失，那搞清琅晟一夜覆滅的原因，或許就是回到現實的突破口！」

「分析得不錯。」黑鷺導師也認可地點點頭。

「完了，這下我可倒了八輩子的大霉了！」白尾在一旁哀怨地碎碎念個不停，「早知道是這樣，我還不如老老實實待在貴賓區裏……」

大伙兒不理會白尾的嘮叨，開始商量如何展開調查。這時，一隊穿着鎧甲的士兵排着整齊的長隊，從街道上疾步而過。沒等布布路他們反應過來，那些士兵突然像是被磁石吸引的鐵屑般，齊齊掉轉方向，朝着布布路他們衝過來。一眨眼的工夫，布布路他們就被這羣全副武裝的士兵團團圍住了。

就在大家如臨大敵的時候，那些士兵竟撲通撲通全都單膝跪下了，為首的士兵長朝着帝奇恭敬地高呼道：「卡特大人，我們可算找到你了！」「卡啥大人？」面對一大羣畢恭畢敬的士兵，布布路的嘴巴驚得能吞下一顆雞蛋，偷偷拉了拉帝奇的衣袖，「帝奇，他們是在叫你嗎？」

「怎麼回事？」餃子也傻眼了，「這可是四百年前啊，怎麼會有人認識帝奇？」

在大伙兒目瞪口呆的注視下，帝奇也面帶疑惑地說道：「卡特．雷頓，那是雷頓家族的祖先，也正是他締造了整個賞金王家族。」

「這麼說，他們把帝奇誤認成卡特了？」賽琳娜緊張又感慨地小聲說，「雷頓家族的血統真是根深蒂固啊，帝奇一定和他的祖先長得很像，否則這些士兵也不會認錯。」

「卡特大人，天子召您御前覲見，十萬火急！」見帝奇不作聲，士兵只好將自己的來意直接說明。

「天子就是國王嗎？」布布路興奮地戳着帝奇的手臂，「帝奇，國王要見你……祖宗呢！」

帝奇瞪他一眼，恨不得用封條把布布路的嘴黏上。不過，如果見到天子，說不定就能掌握有關琅晟古國滅亡的線索。黑鷺導師忙暗中使眼色，示意帝奇將計就計。「咳咳，既是天子召見，還不快走？」帝奇清清嗓子，用彆扭的腔調回道。布布路三人強忍着才沒笑出來。

於是，一行人跟着士兵們朝皇宮急速而去，沒一會兒，那個士兵長就忍不住指着布布路他們，敬畏地問帝奇：「卡特大人，恕小人多嘴，您一向喜歡獨來獨往，今天怎麼會有這麼一羣……裝束奇怪的人跟着您，而且您的穿着也……」

「是這樣的，我們是卡特大人的朋友，是從外地來的！」見帝奇被問住了，餃子忙湊過來，臉不紅心不跳地信口開河道，「卡特大人為歡迎我們，特意換上我們民族的傳統服裝。」

帝奇朝餃子翻着白眼，嘴上卻不得不含糊地應付道：「咳咳，就是他說的那樣。」

金獅與黑狐的生死抉擇

很快，布布路一行六人來到琅晟皇宮的正殿。讓大家有點意外的是，高高端坐在皇座上的天子十分年輕，只有二十歲出頭的樣子，見到帝奇，天子笑容滿面地站起來迎接。

「這是我遠道而來的朋友……」帝奇尷尬地套用餃子的說辭，將布布路他們介紹給天子。

「歡迎大家來到琅晟！」天子熱情地說，「我和卡特年齡相仿，從小一起長大，雖說是君臣，但我一直把他當成親弟弟一樣，他的朋友也就是我的朋友，你們有甚麼需要都可以跟我提！」

「多謝多謝！」黑鷺導師客氣地應付道。

餃子湊到賽琳娜和布布路旁邊，壞笑着說：「從小一起長大的天子都沒看出這個卡特是冒牌的，可見帝奇和他祖先不僅很像，而且……只怕等帝奇長到二十幾歲的時候，也還是現在這張娃娃臉。」

「噗！」賽琳娜和布布路忍不住笑出聲來。

黑鷺導師不滿地望向三人，三人忙強忍住笑，嚴肅地靠牆站好。

而這邊，天子和帝奇正聊得起勁——原來，天子這次召見卡特·雷頓是要商議今晚開幕的豐年祭，屆時城裏會舉辦隆重的歡慶儀式，還安排了盛大的煙火晚會……

說着說着，天子突然收起了笑容，面上浮現一抹凌厲的神情，壓低音量問帝奇：「卡特，你現在能給我一個明確的答覆了嗎？」

帝奇露出一絲困惑的神色。

「你還在猶豫，對嗎？」天子將帝奇的困惑解讀成猶豫，長歎一口氣，說道，「從小，你和迪諾·夏爾那對我來說就像同胞弟弟一樣。你知道，我本來是沒有資格繼承王位的，是靠着雷頓和夏爾那家族的支持，我才擊敗其他皇子，坐上王位。你們兩族就如同我的左膀右臂……」

聽着天子略帶感傷的陳述，布布路他們漸漸搞清了天子召見卡特·雷頓的真正目的：

原來，雷頓家族世代習武，以「金獅」為族徽，他們征戰沙場，武力高深莫測。而夏爾那家族皆為文臣，族徽為「黑狐」，他們深謀遠慮，擅長佈局祕術。多年來，兩大家族是琅晟強大和昌盛的兩塊堅固基石。

但近期，夏爾那家族卻蠢蠢欲動妄圖謀反，他們不斷在民間煽動民心、挑撥叛亂……天子對夏爾那家族的惡行忍無可忍，他要求卡特率領雷頓家族的勇士，在豐年祭當晚，乘亂突襲夏爾那家族的宅第，將他們斬草除根！

說完這些，天子臉上浮現一絲疲憊，他衝帝奇揮揮手，語氣平靜卻意味深長地說道：「是選擇黎民百姓和琅晟的未來，還是姑息那有着狼子野心的老友，卡特，你自己選擇吧！我希望在豐年祭之夜前，能得到你的答覆……」

MONSTER MASTER +LOVE & DREAMS+

這是成為怪物大師的必經之路!!!

尊敬的讀者：現在你跟隨布布路一起踏上了成為怪物大師的道路！向所有的困難發起挑戰吧！

同伴默契度測試

請問以下哪一點是帝奇在內心深處最討厭別人提到的？

A. 能力比不上尤古卡
B. 個子矮
C. 和祖先長得像
D. 不配成為繼承人

答案在本頁底部，答對得 5 分，你答對了嗎？

■即時話題■

餃子：帝奇，原來你在家裏過得真是哥哥不疼、姐姐不愛、妹妹無視的悲慘生活啊！仔細想想，我比你還是幸運多了，至少還有大哥護着我！

賽琳娜：這種時候你就不要再刺激帝奇了！現在連巴巴里金獅都站到尤古卡那邊去了，雖說一定是尤古卡用甚麼方法控制了巴巴里，但是……哎呀，帝奇你想哭就哭吧，別逞強！

帝奇（小小聲）：……我才沒有要哭呢！

布布路：不管發生甚麼事情，我們都會陪伴在帝奇你的身邊，幫助你、支持你！

帝奇：笨蛋，謝謝了。

餃子：我覺得吧，作者挺偏心的，為甚麼總是分配布布路講正能量的煽情話，輪到我的台詞就是吐槽，哼哼哼！抗議！

黑鷺導師：有台詞說就不錯了，總比我和我哥只能偶爾出來打醬油好！

完成這個測試後，你可以鑒定自己與四位主角的默契程度。
測試答案就在第十四部的 215 頁，不要錯過哦！

答案：D

新世界冒險奇談

第十五站 STEP.15

毀滅之夜

MONSTER MASTER 13

似曾相識的迪諾．夏爾那

告別天子，布布路一行心情沉重地退出皇宮的正殿。

「卡特大人，您最近是在練甚麼新的武功招數嗎？」當大家走到殿外的時候，等候在那裏的士兵長目瞪口呆地看着帝奇，語無倫次地說，「您之前和這羣外地來的朋友進宮後沒多久，又突然從外面進去了一次，可我都沒看見您出去過啊！然後才短短幾分鐘，您就又帶着這些朋友出來了，衣服還翻來覆去換了好幾次……」

聽完士兵長的話，大家緊張地對望一眼，顯然，他們剛剛和真正的卡特·雷頓擦肩而過，差點兒穿幫。

「換衣服是我們那兒的習俗，大人正帶我們四處參觀，不勞你費心了。」餃子忙胡言亂語地把那些衞兵打發走。

帝奇心神不寧地回望着皇宮深處，不知道自己的祖先卡特·雷頓會不會答應天子的請求，今晚去突襲夏爾那家族的宅第……

「天子和卡特·雷頓、迪諾·夏爾那既然情同手足，按理說他不會對夏爾那家族無辜的族人下手。難道夏爾那家族真的叛國了？」賽琳娜滿頭冷汗地猜測道。

「也許琅晟的滅亡正與此有關。」黑鷺導師分析道。「可是，夏爾那家族的宅第住的都是手無寸鐵的家眷、族人，不管怎樣，也不能趕盡殺絕啊！」布布路義憤填膺地說。

「我勸你們還是儘量旁觀吧！」四個預備生和黑鷺導師正討論着，白尾突然在一旁插話道，「要知道，歷史與未來是有着千絲萬縷的因果聯繫的，如果你們真的在這裏改變了歷史，那麼未來也會隨之改變。想想看，如果琅晟不滅，卡特·雷頓很有可能永遠是琅晟的武將，不會創建日後的賞金王家族，而很多人的未來都會因此改寫，你們來這裏的契機也將消失，甚至身份都有可能改變。更嚴重的是，你們有可能根本不會出生、存在……所以，你們只能見證歷史，千萬不要試圖去改變它！」

白尾的一番話讓大家心中一驚，如他所說，大家如果真的改變了歷史，那未來的四百年都將受到難以預知的影響。

「可是，我還是覺得天子的做法很過分……」雖然白尾的提醒十分有道理，可是一想到一羣無辜的人將因此而喪命，布布路就覺得很難過。

「我也不希望卡特真的出手，但這畢竟不是我們的時代，還是慎重一點為好。」帝奇衝布布路點點頭，沉聲道，「等真正的卡特·雷頓出來後，我們偷偷跟蹤他，見機行事。」

大家按帝奇的提議，潛伏在皇宮外。沒多久，一個和帝奇的外貌如出一轍，只是穿着不同的人從宮門裏走出來。

來人正是日後成為賞金王家族創始人的卡特·雷頓，此刻他的臉色十分陰沉，似乎心情極差，不知道剛剛覲見天子時，究竟發生了甚麼事。

「哇，帝奇，你和你的祖宗長得簡直像雙胞胎一樣！連板着臉的表情也一模一樣！」親眼見到卡特，布布路驚訝得眼珠子都要瞪出來了。

「如果你換上那身古代的衣服，恐怕不僅是那些士兵，連我們也分不出誰是誰呢！」餃子順勢調侃道。

說話間，卡特走入熱鬧的街道。一個熟悉的人影迎面而來，大步流星地走到卡特面前，熱情地拍着他的肩膀說：

「卡特，原來你在這兒啊！今天晚上叫你的家人都來我家觀賞煙花啊，我們兩家人好久沒在一起聚聚了！」

「迪諾，是你？」卡特抬頭，露出如夢初醒的表情，點頭道，「好，我們一定到。」

「太好了，那我這就回去準備，我們晚上見！」見卡特答應了，迪諾便高興地離開，留下卡特一個人怔怔地站在街上……

而更為震驚的是布布路他們。大家驚疑不定地看着彼此，那個對卡特發出熱情邀請的人就是迪諾·夏爾那，可他的相貌眼熟極了，尤其是那地獄業火般的紅眸，分明和另一個人一模一樣。

那個人就是尤古卡！

豐年之夜的災禍

大家做夢也想不到，尤古卡竟然長得和迪諾·夏爾那一模一樣，而聖傑曼所擁有的黑狐文身似乎也來自夏爾那家族的族徽……

這一刻，大家感覺到真相似呼之欲出，一切的淵源就藏在這四百年前的琅晟古國裏！

就在大家愣神的時候，人來人往的街上，已經沒了卡特的蹤影。

「他一定是發現有人在跟蹤他，想辦法脫身了。」黑鷺懊惱又不失欽佩地說，「他的反跟蹤能力很強，看來我們不便繼續跟蹤他了，等天黑後再夜探夏爾那家族的宅第吧。」

在大家焦灼的等待中，天色漸漸黑沉下來，夜幕降臨琅晟古國。

琅晟不愧是富饒而強盛的國家，傍晚開始的豐年祭開幕式熱鬧非凡，大街小巷到處都是歡慶的百姓。人們在廣場上架起篝火，歡歌起舞，鼓樂齊鳴，一派歌舞昇平的景象。

布布路他們在擁擠的人流中繞來繞去，四處打聽，好不容易才得知，夏爾那家族的宅第位於城中某座山的半山腰。

轟！哐！嘭！咚！

大家氣喘吁吁地順着山路攀爬，而山腳下的琅晟古城中，不論是皇宮貴族的宅第，還是平民百姓的院落，到處都傳出震耳欲聾的轟鳴聲，五光十色的煙火在半空中綻放開來，將漆黑的夜空點綴得姹紫嫣紅。

夏爾那家族的宅第近在眼前了，布布路卻警覺地豎起耳朵：「咦？不對勁！我感覺那座宅第裏的煙火聲不對勁！」

帝奇覺得眼皮一陣狂跳「：夏爾那家族的宅第中發出的不是煙火，是爆破晶石！」

糟糕，卡特·雷頓已經動手了嗎？帝奇和布布路幾乎同時衝出去，合力將夏爾那家族宅第緊閉的大門撞開。

一股帶着濃濃血腥氣息的冷風從洞開的大門中刮出，夏爾那家族宅第內一片狼藉，一桌桌擺滿珍饈佳餚的宴席被掀翻在地，遍地都是被爆破晶石崩塌的土石，小孩子的玩具被丟在角落裏，有如狂風過境後的慘狀……

可布布路一行六人在宅第內找了半天，卻沒有找到一個人影，夏爾那家族所有的族人全都不見了。

經過謹慎的查看，餃子沉吟道：「下黑手的人經驗十分老到，而且有備而來，他們趁着燃放煙火的時候動手……事後又有條不紊地清理現場，沒有留下任何證據……根據這現場的慘烈程度，只怕夏爾那家族的人凶多吉少……」

「啊！」餃子身後的賽琳娜突然發出一聲尖叫，她腳邊一堆崩塌的石塊下竟伸出一隻手。

「有人在下面！」在黑鷺導師的示意下，布布路他們忙上前搬開碎石。

一個傷痕累累的男人出現在大家眼前，雖然男人的五官鮮血模糊，大家還是認出，他正是迪諾·夏爾那！

迪諾的遺言

迪諾·夏爾那的一隻手緊握着一把染血的長劍，身下護着一個嚇傻的小男孩，他搖搖晃晃地站起來，步履艱難地走到帝奇面前，聲音嘶啞地說道：「卡特，你……你怎麼又回來了？」

「我……」帝奇彷彿看到了身受重傷的哥哥尤古卡，竟然一時語塞，說不出話來。

身上的傷讓迪諾疼得倒吸冷氣，好半天才緩過來，他鄭重地將懷中的小男孩交到帝奇手上：「你能回來真是太好了……這是我們夏爾那家族唯一的骨肉了，麻煩你好好照顧他……」

「這是怎麼回事？」帝奇心中感到說不出的難受。

「這是逃不過的劫……」迪諾眼中滾出兩行熱淚，嘶啞地說出不久前晚上卡特·雷頓帶家人應約來夏爾那家族的宅第做客。

席間，卡特將天子的話轉告給迪諾，勸說迪諾帶着族人離開琅晟，找個安全的地方歸隱，永不再過問琅晟的國事。

迪諾卻反問卡特：「莫非你也像別人一樣，以為我野心膨脹，想要取天子而代之？夏爾那家族多年以來不計榮辱，不畏生死，始終在暗處守護着琅晟，從沒有謀反之意。那些叛亂都是別有用心之人栽贓陷害，若是此時歸隱，豈不代表做賊心虛，正遂了那些人之願嗎？！」

卡特長長地歎氣，勸說道：「我當然相信你，但天子會信嗎？你難道不明白嗎？只有你離開，天子才肯善罷甘休啊！你不為自己着想，也要為全族人的性命安危考慮啊！」

在卡特的苦心勸說下，剛正不阿的迪諾答應會仔細考慮，卡特這才放心離去。

然而，卡特才離開沒多久，天子的親衛隊——虎騎營就殺氣騰騰地踢開了夏爾那家族宅第的大門……

「在犯下滔天惡行後，虎騎營在宅第中埋下足以夷平這座山頭的爆破晶石，準備在煙火大會高潮時觸發更大的爆炸……」迪諾聲嘶力竭地哭喊道，「天子！微臣赤膽忠心，蒼天可鑒！你卻為了鞏固皇權，不顧我們從小的手足情誼，將我全族趕盡殺絕！你的心好狠啊……」

「迪諾……」帝奇難受地握着迪諾的手，卻又不知該如何安慰他。

「卡特，趁着豐年祭城門防守薄弱……你快帶着家人在天亮前離開琅晟吧！你拒絕了天子的請求，天子一定會將你一併剷除，如此一來，琅晟之內，再也無人能威脅到天子了……」迪諾雙目圓睜，紅色的眼眸彷彿燃燒起來一般，充滿恨意地說，「照顧好我的孩子，不要讓他忘記家族的仇恨，夏爾那家族的血液將永遠詛咒琅晟這片罪惡的土地——」用盡全身氣力嘶吼出最後一句話，迪諾·夏爾那的嘴角浮現出一抹詭異的笑意，雙眼永遠地合上了。

新世界冒險奇談

第十六站 STEP.16

回轉的命運之輪

MONSTER MASTER 13

庶子的援救

布布路一行悲憤地草草掩埋掉迪諾·夏爾那，就抱着小男孩匆匆離開了。

大伙兒低頭疾行，一路無語。當一行人氣喘吁吁地抵達山腳時，半山腰斷斷續續傳出爆破晶石的悶響，但很快都被天空中璀璨的禮花聲所淹沒……

所有人的心情都沉甸甸的，但沒有時間哭泣，也沒有時間悲傷，為了不讓悲劇重演，大家馬不停蹄地來到雷頓家族的宅第，強行闖了進去。

對於突然闖入的這伙陌生人，尤其是和自己長得一模一樣的帝奇，卡特的反應卻十分平靜，他訕笑着對帝奇說：「我聽說過一些關於過世的老爸的風流韻事，我想，你大概是他曾經提到過的庶出的兒子吧？」

帝奇頓時滿頭黑線。

餃子忙湊到帝奇耳邊，「安慰」道：「庶出的兒子，就是私生子……他以為你是他同父異母的兄弟，你一下長了不知道多少輩分，賺大了！」

「嗯嗯。」布布路也猛點頭，總比讓帝奇當面叫他祖宗強。

「先父亡故已久，今天府上事情甚多，若你只是想認祖歸宗，請改天再來吧！」看到帝奇不出聲，卡特沒好氣地下逐客令。

賽琳娜大步走上前，將抱在懷中的小男孩塞給卡特，言簡意賅地告訴他：「夏爾那家族已被天子剷除，山頭的宅第也被夷為平地。迪諾留下遺言，天子的下一個目標就是雷頓家族，請你務必在天亮前帶着夏爾那家族唯一的血脈和雷頓全族逃出琅晟！」

卡特面前的小男孩渾身沾滿了鮮血，手中緊緊捏着一張帶有夏爾那家族族徽「幻影冥狐」的怪物卡。

「天子他……」卡特的雙手控制不住地顫抖起來，他強忍着心中的悲憤和震撼，警覺地問道，「你們到底是甚麼人，你們怎麼會知道天子剷除夏爾那家族的事情？」

不會撒謊的大伙兒齊齊看向餃子，餃子僅僅用了半秒思考便「不負眾望」地站出來，指着帝奇，一本正經地答道：「事情是這樣的，其實迪諾大人早就知道這位私生子的存在，並一直給予照顧。今天，我們本來是受邀去夏爾那家族的，迪諾大人本打算安排你們兄弟相認，我們半路有事遲到了，沒想到當我們趕到的時候……」

布布路他們「崇拜」地看着餃子，這傢伙順口瞎編的本事簡直到了出神入化的境界。

餃子言之鑿鑿的解釋，加上帝奇那張一看就有血緣關係的臉，卡特不再懷疑，立即召集雷頓全族，準備連夜逃離琅晟。布布路一行六人被卡特安頓在家眷的隊伍中，在迷蒙的夜色中，全族人被迫踏上離開故土的逃難之路。雖然有豐年祭的熱鬧歡慶做掩飾，但在城門口，逃難的隊伍還是不幸遭到天子虎騎營的伏擊，顯然，天子要永絕後患，早就在城中佈下天羅地網。

親眼見到虎騎營，大家才明白甚麼是真正的戰爭機器。卡特面色沉重地向大家介紹道，為免以武安邦的雷頓家族和以文治國的夏爾那家族功高蓋主，天子親自栽培了虎騎營。跟普通士兵不同，他們以騎兵為主，統一身穿由精鋼鍛造而成的堅硬鎧甲，並且每個十人隊都配備了戰車。他們驍勇過人，戰功卓越。每位隊長都會馴服一隻赤色的猛虎為自己的坐騎，虎騎營的名號也因此而來。

為保護族人，雷頓家族的勇士悉數上陣，他們亮出各色的獨家兵器，使出令人眼花繚亂的武功招式，激烈的對戰讓布布路他們充分領略到雷頓家族絕不是浪得虛名。

可是，天子派出的畢竟是軍隊，人數上佔據絕對優勢。雷頓家族的勇士們還要保護族人的安全，只能以防禦為主，戰鬥十分辛苦……

奇跡的召喚！巴巴里金獅的誕生！

布布路、餃子、賽琳娜和黑鷺都召喚出自己的怪物一起對抗天子的虎騎營，而白尾則機靈地找了個安全的樹洞，偷偷在一旁觀戰。

由於巴巴里金獅被尤古卡帶走了，所以幾人之中，只有帝奇孤軍奮戰。

「十字落雷！」四不像鼓起腹部，張開大嘴，紫色雷光噴薄而出，掀翻了虎騎營的戰車。

「藤鞭！」藤條妖妖同時向四個方向伸出藤鞭，阻礙了騎兵們前進的道路。

「唧——」水精靈製造出不停移動的六面冰凌盾為雷頓家族的家眷提供防禦。

有了怪物們的加入，雷頓家族的戰鬥力頓時增強了不少，但是天子的虎騎營如同潮水一般從四面八方湧了過來。

那些士兵個個都是久經沙場的驍勇武士，儘管雷頓家族的隊伍中出現了幾位怪物大師讓他們頗感意外，但他們眼中卻看不到一絲一毫的懼色。因為他們明白這樣的戰鬥，個人英雄主義是沒有意義的，對軍隊來說更為講究的是排兵佈陣。

在虎騎營有條不紊地圍攻之下，雷頓家族原本固若金湯的防守被逐漸瓦解，變成各自為戰，實力稍弱一些的雷頓家族勇士很快被逐一拿下！

隨着時間的推移，戰鬥的核心集中到了以布布路幾人為中心的幾個包圍圈。

帝奇和卡特一直保持着高度一致的戰鬥步調，卡特發現他爹的這個「私生子」實力出乎意料地強，並且和他很有默契。

想到雷頓家族又誕生了如此厲害的將才，卡特心中不由得有些欣喜，但迎面而來的刀劍卻毫不留情地提醒着他，雷頓家族再也不是琅晟的武將了，甚至家族的處境也岌岌可危……

咻咻 —— 就在卡特分心思考的一瞬間，他的背後冷不防地射出幾支冷箭，卡特雖然極力閃避，但肩膀和大腿還是被冷箭射中。

他一個踉蹌側身跌倒在人羣中。幾個士兵立刻一擁而上，將卡特死死地摁在地上。

為首的一個隊長揮舞着手中的長劍說道：「天子有令，卡特．雷頓犯上作亂，罪大惡極！下令斬立決！」

那人手中的長劍徑直向卡特劈砍過去。

千鈞一髮之際，噹啷一聲脆響，隊長手中的長劍竟然斷成兩段！

只見帝奇從遠處踏着一排士兵的肩頭飛奔過來，他左右開弓，擲出數枚暗器，死死按着卡特的幾個士兵應聲倒下。

卡特右手扶住左肩艱難地站了起來，他的左臂剛剛被士兵死死按住已經脫臼了，此時的他已經萬念俱灰，喃喃低吟道：「飛鳥盡，良弓藏；狡兔死，走狗烹；敵國破，謀臣亡……」

帝奇背靠着卡特，剛剛他用光了最後的暗器，現在已是手無寸鐵。

眼看虎騎營再次圍攏過來，卡特解下背上的包裹交給帝奇，動容地說道：「雖然我們只有一面之緣，但是我相信你能代替我繼承雷頓家族的意志，這是一顆罕見的怪物果實，我一直沒能將它孵化出來，恐怕以後也沒有機會了。以你的身手逃出去不是問題，你帶上它，以後好好加以利用！」

「不行！」帝奇絲毫都沒有猶豫就拒絕了卡特的提議，斬釘截鐵地說，「你要是死了那我們雷頓家族不就完了嗎？！」

卡特雖然沒明白帝奇話中的含義，心中卻一陣感激，沒想到一個從未謀面的同父異母的兄弟竟然如此深明大義。

而手持利刃的虎騎營步步上前，顯然並沒有打算對手無寸鐵的兩個人留任何情面，手中的長劍就要刺下……

帝奇也別無他法，他飛身一躍將卡特護在身體下。若是他自己當然可以閃避這一輪攻擊，但是他必須保護他的祖先的性命，保住雷頓家族的未來！

這一刻，帝奇感到背後數個方向的劍氣向他刺來，他已經無計可施。

在生命的最後關頭，帝奇感到意外的平和 —— 他想到了巴巴里金獅，那只驍勇善戰的怪物。因為要配合弱小的自己，自願從 A 級降到 C 級，甘願和他一同成長，沒想到尤古卡將巴巴里金獅帶走後竟然成了永別。他多想再摸摸巴巴里金獅那蓬鬆的鬃毛啊……

想着想着，一種熟悉的感覺從他手心傳來，他剛剛護住卡特時連同怪物果實一起抱住了，此時怪物果實中傳出一種熟悉的脈動！

帝奇剛剛想伸出手去感受一下，誰知怪物果實發出一道巨大的金光，把在場所有人都照得睜不開眼睛……

一時間，所有人都停下了手中的動作，布布路幾人也趁着混亂迅速殺到帝奇和卡特身邊，眼前的景象讓他們大吃一驚——

一頭巨獅在金光中赫然現身，它的背部伸出兩隻一米多長的銀色骨翅，頭部周圍的鬃毛像烈焰一樣熊熊燃燒着，矯健的身軀溫柔地將帝奇和卡特護在身下。這就是雷頓家族的守護怪物——巴巴里金獅誕生的那個瞬間！

蔓延的黑暗詛咒

「吼——」巴巴里金獅發出一聲咆哮，巨大的聲浪頓時將周圍的虎騎營士兵成片掀翻。

其他士兵也都不敢再輕易上前了。說來也奇怪，剛剛原本如同潮水一般湧來的虎騎營，在幾輪攻勢之後竟然沒了後援，這顯然出乎所有人的意料。

正當大家深感疑惑的時候，一場空前的巨變解開了所有人的疑問。

遠處，地面突然開始發出低沉的震動……

「大家快看！」布布路指着夏爾那家族被夷為平地的山頭方向，警覺地低呼道。

隆隆隆——

巨大而濃重的黑影正從那座廢墟的山頭源源不斷地湧出，並迅速向外蔓延、擴散，房屋、草木、行人、動物、高塔……

黑影所及之處，所有的一切都有如被一張虛無的黑網吞噬、籠罩……

看到這一幕，原本埋伏在四處作為後援的虎騎營士兵瞬間潰散，大軍四散而逃……

轉眼間，黑暗已擴張到緊閉的城門前，虎騎營在死亡的威脅下，丟下天子的聖諭，放下手裏的武器紛紛開始逃命，再也沒有人管布布路一行人和雷頓家族的人了。

餃子想到迪諾臨終前那詭異的笑，不由得打了個寒戰：「我明白了，琅晟被夏爾那家族廢墟中冒出的黑暗吞噬，這就是迪諾臨終前對天子施下的最惡毒的詛咒……」

「如果被這莫名其妙的黑暗吞噬，我們就真像聖傑曼說的那樣，跟着琅晟一起滅亡，成為歷史的祭品了！」賽琳娜渾身冷汗淋漓。

眼前的危機比剛才虎騎營的威脅更大！卡特·雷頓如果無法逃出去，那麼，日後的賞金王家族將不復存在，雷頓家族的歷史也要改寫，也許爺爺、父親和自己將根本不會出生……

怎麼辦？帝奇焦慮地思索着，眼看黑暗以肉眼可見的速度滾滾湧來，危急關頭，他身前的巴巴里金獅一躍而起，振動着骨翅飛了起來，落在了高高的城牆上。

此時夜色退去，日出的第一縷陽光照在巴巴里金獅身上，形成一道金色的輪廓，四周也被映得金光萬丈，讓巴巴里金獅看起來就像是從天而降的救世主一般。

「吼——」巴巴里金獅一記獅王咆哮彈將原本被堵死的城門轟得粉碎。

餃子立刻讓藤條妖妖迅速搭出一座藤條橋，大家一同攙扶着受傷的人員撤離……

在大家身後，那從山頭廢墟湧出的無邊黑暗中，漸漸顯露出詭異怪誕的巨大黑影，那分明是一隻龐大無邊，而且還在不斷膨脹的巨型黑色生物！

「哇，那『黑暗』……它是有生命的！好像有很多張嘴巴！」隨着怪物靠近，布布路看清了城邦被吞噬的過程，詫異地叫起來。

「我的天，那傢伙吃掉了靠近它的一切物體！」餃子倒抽了一口涼氣，渾身發顫地說。

同伴默契度測試

請問 C 級狀態下的巴巴里金獅的攻擊指數是多少？

A.65
B.70
C.80
D.90

答案在本頁底部，答對得 5 分，你答對了嗎？

■即時話題■

賽琳娜：我現在更加充分地意識到了命運的強大，巴巴里金獅居然是回到四百年前的帝奇孵化出來的，怪不得導師們一直強調，不僅是我們選擇了怪物，最重要的是怪物選擇了我們！水精靈，能遇見你真是太好了！

水精靈：唧！（抱住賽琳娜）

餃子：我也在藤條妖妖的身上感覺到了我們命中註定要在一起！

藤條妖妖：唧……（四根藤條害羞地捂住臉）

布布路：四不像，我……

四不像：布魯，布魯布魯！（哼，我想讓命運換個更有用的奴僕過來！）

完成這個測試後，你可以鑒定自己與四位主角的默契程度。
測試答案就在第十四部的 215 頁，不要錯過哦！

MONSTER MASTER LOVE & DREAMS
這是成為怪物大師的必經之路!!!

尊敬的讀者：現在你跟隨布布路一起踏上了成為怪物大師的道路！向所有的困難發起挑戰吧！

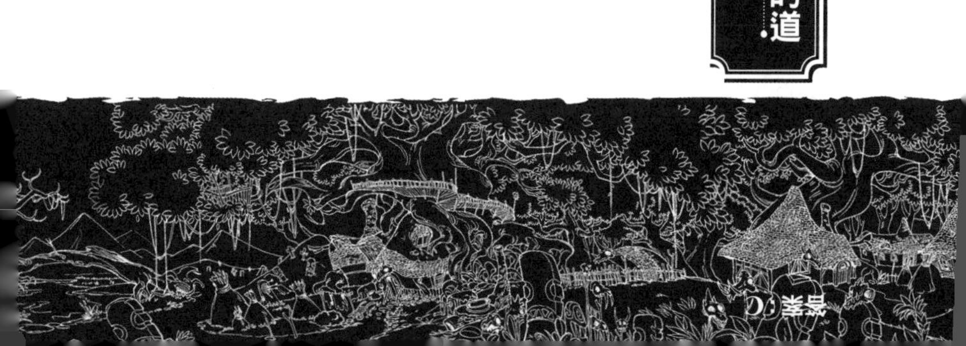

新世界冒險奇談

第十七站 STEP.17

四百年的家族之恨

MONSTER MASTER 13

再會，異邦人

這是比地獄更接近地獄的光景，席捲而至的怪物很快靠近了前面的街道，巨大的嘴巴馬上就要吞噬剛才他們戰鬥的地區了，但那裏還東倒西歪地躺着大量無法動彈的傷患。

按照現在的轉移速度根本來不及將他們救出去！

「我去幫忙！」布布路義無反顧地卸下金盾棺材，以不可思議的速度衝了回去，一口氣背起數個傷患，踉蹌着往回走。

「如果可以的話，我想救大家！」賽琳娜眼泛淚光地站在藤條橋上，下定決心似的說，「不能放棄，水精靈，我們也過去幫忙！」

「對啊！怪物大師就是為了這種時候而存在的！」看到吊車尾小隊的表現，黑鷺導師露出了驕傲的表情。

這時，天上毫無預兆地下起了一陣藍色的小雨，被雨水浸潤到的傷患竟然瞬間就恢復了體力。

「是水之牙的治癒之雨？」餃子第一個明白過來是怎麼回事，趕緊衝向賽琳娜身邊。

就見賽琳娜彷彿失去了意識一般，雙目緊閉地懸浮在半空之中，周身散發着淡藍色的光芒。

「我的天！你們究竟是甚麼人？」卡特難以置信地驚呼。

「我是雷頓家族的子孫，這些都是我的同伴……」帝奇簡短地回答道。

藍雨如同涓涓暖流匯入所有人的身體，大家頓覺疲憊盡消，而受傷的虎騎營士兵和雷頓家族的勇士們轉眼間也都被治癒了，他們難以置信地摸了摸自己的身體，又環顧了一下四周，隨即明白了目前的形勢。

他們放下手中的武器，不分敵我地互相攙扶着，向城門口移動。

半空中的賽琳娜看到現出原形的怪物還在繼續無止境地吞吃着周圍的一切，但她無法思考更多了，會不會改變歷史已經不重要了，腦海中唯一剩下的念頭就是，不能看着這麼多無辜的人在眼前死去……

想到這裏，賽琳娜再次呼喚：「水之牙，請借給我更多的力量吧，我想幫助更多的人……」

在賽琳娜低聲的祈禱中，原本的如絲細雨漸漸變成了傾盆大雨，範圍也由原本的城牆附近，擴展到了整個城邦的上方，瓢潑一般的「治癒之雨」持續了數十秒之久……

賽琳娜感到全身力氣被急速抽空，一股強大的疲倦感襲來，她頭暈目眩地從半空中跌落下來，早已在下面準備好的布布路和餃子，趕緊將她穩穩接住。

死裏逃生的人們回頭看去，琅晟幾乎被吞噬殆盡，巨大的黑色生物在藍色的治癒之雨中蟄伏下來，不再生長。也不再擴張，它安靜地趴在大地上，就像睡着了一般。

漸漸地，一根根黑色的毛髮從它體內瘋長而出，那些毛髮越長越高大，越長越粗壯，在它龐大的身軀上幻化出一座茂密無邊的暗黑森林。

「想不到，暗黑森林是這隻生物體內生出的毛髮……」白尾目瞪口呆地歎道。

在消失的琅晟古國前，布布路他們悲喜交加地抱在一起，帝奇第一次在眾人面前流下了沒能忍住的淚水，這一天發生了太多的事……

他認識了祖先卡特，跟他一起經歷了古國的政變和滅亡，跟四百年前的雷頓家族一起逃亡，最令他難以置信的是，雷頓家族的守護怪物巴巴里金獅竟然是四百年前的自己召喚出來的！

帝奇感覺內心深處的某些強大的力量正在悄然覺醒。原本自己身處某種宿命的洪流之中，如同一葉孤舟無力抗爭，只能任命運擺佈。最初在所有人眼中只不過因為好運而被授予的金獅以及繼承人身份一度成為禁錮他的枷鎖……

但此刻帝奇清醒地意識到，曾經讓他覺得無力抗爭的命運洪流竟是由自己親手創造的！他再次審視那曾經禁錮他的枷鎖，已化作一團永遠不滅的希望之火，永遠在他內心深處燃燒，照亮他未來的命運之路……

就在帝奇感慨萬分的時候，一股強大的力量拉扯住大伙兒，將他們帶到四百年前古國的紅色旋渦又悄無聲息地出現在他們的身後。

察覺到離別的時刻臨近，帝奇握住卡特的手說：「卡特，你的能力原本就不該禁錮於琅晟，為藍星上更廣袤的地方而戰吧！巴巴里金獅就交給你了，只要心存正義，有一天，你會成為最偉大的賞金王！」

「為甚麼你說的話聽起來像是告別啊？你不留下來跟雷頓家族一同生活嗎？」卡特緊緊回握着帝奇，短短時間，他竟然覺得跟這年輕人已經認識了許久，也許這就是不可思議的血緣關係吧。

「因為，它還在未來等着我啊……」帝奇笑着鬆開手，和他身邊值得信賴的同伴們一起走入紅色的旋渦……

重回現實，「場」外的真相

天旋地轉間，大家重新回到了雷頓家族的樓梯上，看看天色，時間似乎並沒過去多久。

「原來如此，帝奇之前在旋渦中度過了一年，現實過了大約半天，而這次我們待了一天，現實中只過了數分鐘……真是太奇妙了啊！」餃子喃喃自語。

「嗯嗯，真有趣！」布布路點頭如搗蒜。

「老天保佑，終於又回到自己的時代了！」跟布布路他們不同，白尾滿頭血汗，劫後餘生般說道，「我們現在怎麼辦？」

帝奇眼神中跳動着一絲興奮，鎮定地說：「我們現在就去找我大哥，把在紅色旋渦裏看到的一切告訴他。」

帝奇覺得四百年前的事件和今日尤古卡的突然之舉有着千絲萬縷的聯繫，他強烈地感覺到，自己距離真相已經很近了。

黑鷺導師凝視着帝奇沉穩的背影，意識到有甚麼東西在漸漸改變……

六人疾步前進，誰也沒料到，剛步入庭院，竟然就與聖傑曼狹路相逢了！

聖傑曼完全沒有心理準備，他看到帝奇一行人的那一瞬間露出了極度震驚的表情，但這種震驚的表情僅僅在他臉上停留了半秒，隨即轉變成一張陰沉奸險的表情，他陰陽怪氣地開口道：「想不到你們還挺厲害，竟能從『場』中平安逃脫？」

「場」是甚麼意思？是說他們逃脫出來的旋渦嗎？大家面露困惑。

但聖傑曼顯然沒打算向他們解釋，他目露凶光不停地掃視着眼前的每一個人，緊緊握着手杖的手不停地顫抖着。

帝奇不動聲色地觀察着聖傑曼這一系列細微的表情，在聖傑曼將他們送入血色旋渦的那一刻，他的假面具已經昭然若揭。但聖傑曼究竟為甚麼要這麼做呢？原本帝奇猜想聖傑曼只是在

他和哥哥之間選擇了更強的人，但親歷了琅晟古國的覆滅後，他意識到聖傑曼背後的黑狐文身乃是夏爾那家族的族徽，而夏爾那家族和雷頓家族之間更有莫大的淵源……

想到這裏，他強壓住心中的怒火，對聖傑曼說道：「我們剛從四百年前的那一場災難中逃出來，親歷了那一段歷史，其中有很多複雜且離奇的故事，後世理解起來可能產生很多誤會，我想如果你對那一段歷史有任何問題，我應該能一一解答。」

聽到帝奇這麼說，聖傑曼就如同聽到了一個天大的笑話，他放肆地哈哈大笑起來。

「誤會？！哈哈哈……」他突然語氣一變，面目猙獰地說道，「我想你經歷那段歷史之後應該知道，尤古卡根本不是你們雷頓家族的人，而是我們夏爾那家族的後代！我隱姓埋名地在雷頓家族生活了這麼多年，就是為了了斷夏爾那家族延續了四百年的仇恨！」

接着，布布路他們從聖傑曼口中，聽到了有關夏爾那家族的故事——

相傳四百年前，一隻來自黑暗的巨獸覆滅了琅晟古國。那曾是雷頓家族和夏爾那家族安居樂業的國度，當晚只有雷頓家族和為數很少的國民逃過一劫，而這一切還要歸功於卡特·雷頓，以及他所認識的一羣異邦人。巨獸被降伏封印之後，雷頓家族就選擇了定居此地。

夏爾那家族的唯一倖存者——盧卡斯·夏爾那成為雷頓家族的養子。

雷頓家族對盧卡斯視如己出，教他武藝，精心呵護他成長，但盧卡斯生性文弱，無法跟家族守護怪物 —— 幻影冥狐形成心靈聯繫，高強度的訓練令他精神緊繃，每日噩夢不斷。

夢中，夜空閃爍着流光溢彩的煙火，到處是轟隆隆的震天巨響和人們的哀號慘叫，一個面目被鮮紅液體糊住的男人緊緊地抱住他，告訴他不要哭，要活下去……要復仇……

每一次，盧卡斯都會滿身冷汗地驚醒過來，而隨着時日變遷，夢中的情景一次比一次清晰，盧卡斯漸漸分不清楚這是夢，還是現實。

他試圖詢問卡特，可卡特以及雷頓家族其他所有人全對那一夜的事情隻字不提。盧卡斯覺得事有蹊蹺，終於在十六歲生日的那一夜悄悄離開了雷頓家族，開始暗中調查……

而當年親歷過那段歷史的人也散落在各國隱居了起來，時隔越久真相就變得越加模糊，時間一晃就是五十年。

盧卡斯窮其一生，終於將得到的少量線索拼湊還原：

原來，夏爾那家族和雷頓家族都曾是琅晟天子的心腹，分列文臣武將。天子認為夏爾那家族的存在對自己的帝位是個威脅，因此派雷頓家族屠殺夏爾那家族。那一晚，夏爾那家族慘遭屠戮，鮮血和仇恨令其宅第下的黑暗巨獸甦醒過來，琅晟古國因此覆滅……

而盧卡斯之所以活下來，他猜測大抵是卡特．雷頓需要夏爾那家族的血脈來降伏那隻巨獸吧……

新世界冒險奇談

第十八站 STEP.18

佈局者的局

MONSTER MASTER 13

潛伏的野心家

聖傑曼說到這裏，布布路頭搖得好像撥浪鼓，忍不住打斷道：「歷史不是這樣的！血洗夏爾那家族宅第的是天子的虎騎營，雷頓家族也是受害者……」

「誰動的手根本不重要！」聖傑曼用手杖敲了敲地面，厲聲打斷了布布路的話，「歷史的真相我並不感興趣，其實夏爾那家族裏面也沒幾個人對真相真的感興趣，畢竟是幾百年前的事情，現在的夏爾那家族基本已經名存實亡了……」

盧卡斯離世後，他的子女隱姓埋名藏匿于雷頓家族周圍，伺機復仇。然而雷頓家族日益壯大，在賞金界赫赫有名，並獲封「賞金王」，家族怪物巴巴里金獅威震八方，而夏爾那家族人丁稀少，生活困苦，家族怪物幻影冥狐如同它的名字一樣，只能隱匿於黑暗之中……

更為諷刺的是，到了聖傑曼這一代，作為夏爾那家族的族長，居然成了雷頓家族的大管家。不過利用這一職務，他很快收集到了許多關於當年那一段往事的資訊，這些資訊多數他並不感興趣，畢竟都是些陳年往事，但其中有一些關於暗黑森林的資訊，卻非常吸引人。

聖傑曼從雷頓家族的文獻中瞭解到，原來整個暗黑森林居然是一隻名為「幻蜃」的巨大怪物，它從夏爾那家族的煉金術陣中誕生，只有夏爾那家族的血液才能喚醒它。

他明白這是一個機會，於是將家族中最有天賦的孩子——尤古卡，丟在暗黑森林裏面，讓雷頓家族的人將其收養，讓他日後成為控制雷頓家族最好的武器。尤古卡果然沒有辜負聖傑曼的期待，不管是哪一方面都異常出色，如果他不是收養的孩子，雷頓家族的繼承人非他莫屬。但不要緊，只要他從旁稍加協助，雷頓家族繼承人的位置，仍將是夏爾那家族的囊中之物。

聖傑曼心思縝密，多年來，他並不急於行動，而是躲在暗處醞釀和尋找時機。當帝奇的父母被委派去執行一個長期的祕密任務，帝奇也離家出走去摩爾本十字基地後，聖傑曼認為時機成熟了，於是，他將一切向代理當家尤古卡和盤托出。

在之後的一年中，聖傑曼和尤古卡大肆招兵買馬，勾結繆拉之流，逐漸掌握雷頓家族的大權，又利用血魂之果控制政商名流，暗中敗壞雷頓家族的聲譽……

最後要做的，就是消滅霍克．雷頓指定的繼承人帝奇了。聖傑曼用夏爾那家族的佈局術開啟「場」，將帝奇和他的同黨騙入其中……

讓聖傑曼萬萬沒想到的是，帝奇竟活着逃出來了。

「可惡！你這隻披着羊皮的狼！原來想鳩佔鵲巢奪取雷頓家族！」這下子布布路聽明白了。

「呸！雷頓家族算甚麼？！我有了幻蜃，可以建立自己的國家！區區一個賞金獵人家族我才不放在眼裏呢！」聖傑曼貪婪地邪笑着。

面對熟悉又陌生的聖傑曼，帝奇沉默了，他努力消化着聖傑曼所說的話，片刻後，他彷彿想明白了甚麼。帝奇抬起頭來，直視着聖傑曼的眼睛，一針見血地說：「我明白了，你一定是打着『為夏爾那家族復仇』的幌子欺騙哥哥，想要實現自己的野心！我要把你的野心和歷史的真相都告訴哥哥……」

這一刻的帝奇心如明鏡，再度成長了。

「你們以為，我會給你們機會再見到尤古卡嗎？」聖傑曼詭異地笑着，彷彿已將眾人的生死操弄於股掌之間，「沒有人能

從我佈的局中逃走，誰也別想……哈哈哈……」

甦醒的幻蠶

轟隆隆——

在聖傑曼狂妄的大笑聲中，地面毫無預警地震動起來，雷頓家族的領地內尖叫聲四起：

「不好了，廣場的地面塌啦！」

「城堡在搖晃啊！」

「暗黑森林朝着城堡擴張過來了！」

隨着地面搖晃得越來越厲害，四周的暗黑森林如同漲潮的海水般翻湧着，一波波此起彼伏的震盪波來勢兇猛地向着領地奔騰而來。

銅牆鐵壁的雷頓家族城堡此刻像一塊豆腐一樣，被來自地下的力量擠壓、撕扯着，建築內部的磚石和基柱發出雷鳴般的崩裂聲——

宴客大廳裏，巨大的水晶吊燈轟然砸落在地，濺起的水晶碎片有如暗器般飛入人羣，人羣頓時像炸了鍋一般四處逃散。

牆壁發出咔吧咔吧的爆裂聲，一條條裂縫有如毒蛇般在牆面上游走，壁畫、掛飾、賞金獵人的勳章嘩啦啦從牆壁上脫落，掉到地上，摔得七零八落。

「啊啊啊！」客房走道裏發出驚恐的慘叫，走廊兩側的牆壁就像兩條發瘋的巨蟒般蠕動着，崩裂的碎石像刀子一般亂射，人們在扭曲的走廊裏像無頭蒼蠅般逃竄。

砰砰砰！廣場上，白玉噴泉池從中間斷裂，水流像彈雨般四處飛射；地面不停地抖動，露出一道道令人頭皮發麻的裂口；所有的東西都失控地搖晃着、崩裂着……

「救命啊！」白尾眼淚鼻涕橫飛，「跟你們在一起真沒好事啊！」

布布路他們就像是站上了蹺蹺板，時而高時而低，根本站不穩。只有四不像興奮地蹦來蹦去，如同置身遊樂場。

「哈哈哈！」聖傑曼瘋狂地說，「用我族人的鮮血和仇恨澆灌出的怪物——幻蜃就要甦醒了！接下來，就讓整座藍星都見證我們夏爾那一族的崛起吧！」

斷裂得千瘡百孔的地面上，一株株粗壯的黑色尖刺破土而

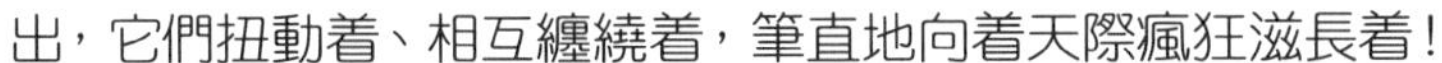

出，它們扭動着、相互纏繞着，筆直地向着天際瘋狂滋長着！

「天哪，這是幻蜃的毛髮！它……甦醒了！」賽琳娜的身體像斷線的風箏般跌撞着，失聲驚呼。

布布路他們倒吸一口涼氣，腦中不禁浮現出四百年前的幻蜃吞噬琅晟古國的景

象，那的確是頃刻間的毀滅……

「四百年前，大姐頭用盡水之牙的力量才讓它進入沉睡！若它現在醒來……大姐頭的體力還沒恢復，我們要怎麼辦啊？」布布路背起渾身無力的大姐頭，在瘋長的毛髮間跳來跳去。

餃子的天目爆發出針刺般的痛意，急聲對聖傑曼大喊：

「快讓幻蜃停下來，它會毀了一切！」

「毀了一切？哈哈哈，沒錯，我就是要讓它毀掉一切！」

聖傑曼的五官猙獰地扭曲着，咬牙切齒地說，「雷頓家族的罪人和所有與我為敵的人，全都成為幻蜃的盤中餐吧！」

地面搖晃得更厲害了，從幻蜃碩大無朋的身體中，密密麻麻的毛髮有如井噴般瘋狂滋長着，纏住了大家的腳，無數張大嘴肆無忌憚地吞噬着雷頓家族的領地……

整個世界似乎都在恐懼地顫抖，布布路動了動鼻子，仿佛仍然能聞到空氣中那濃烈的毀滅氣息……

雷頓家族的覆滅已經變得不可避免了嗎？

血魂的煉金術陣

「我絕不會讓你毀了雷頓家族！」帝奇聲嘶力竭的吼聲響徹天際，他雙臂發力，緊緊束縛着他的黑色毛髮赫然斷裂，帝奇此時鬥志昂揚，他目光如炬地盯着聖傑曼。

就在他準備展開攻擊的時候，遠處突然傳來了海嘯一般的轟鳴，只見天邊揚起了漫天的煙塵。

隨即眾人腳下的土地開始顫抖，那成千上萬的黑色毛髮也跟着開始痙攣，緊接着就慢慢不動了……

怎麼回事？幻蜃好像停止了活動，再次蟄伏起來了？大家立刻掙脫了黑色毛髮的纏繞。

聖傑曼看到情況不對，他猛地回頭，目光投向遠處的暗黑森林，只見暗黑森林的深處若隱若現閃着金色的光芒，一團金色的旋渦正在醞釀形成。

「難道……」聖傑曼的臉上閃過一絲恐懼，他丟下眼前的戰局，頭也不回直奔暗黑森林中那團金光的所在之處。

很顯然，那團金色旋渦大有文章！否則聖傑曼不會如此驚慌，大家也都加快腳步追趕上去。但越往森林深處走，金光就越發耀眼刺目，簡直無法直視。

大家都被金光刺得不停流淚，餃子利用天眼感知四周的環境，若有所思地說道：「這不就是我們之前掉進的長滿血魂之果的森林嗎？」

布布路緊閉雙目抬起頭用鼻子嗅了嗅，說道：「沒錯！這股怪物屍骨和血魂之果相互交融的古怪氣味，也只有到這血魂森林才能聞到。」

之前在長滿血魂之果的森林，因為香氣和骸骨怪的侵擾，布布路他們對這座森林的格局沒有多留意，而現在這片長滿血魂之果的森林因為剛剛幻蜃的挪動，整個裸露於他們腳下……

從高處往下俯瞰，這才發現，這座森林裏的每一株血魂果樹都不是隨意生長的，而是遵循着精妙的規律。成百上千棵血魂果樹彼此交錯，匯聚出密密麻麻的精密線條，這些線條時而筆直，時而曲折，縱橫交錯，赫然在暗黑森林的地下排布成一個巨大而繁複無比的圓形圖案！

而圓形圖案的正中間站着一個清瘦的身影，是尤古卡！

他渾身上下散發出懾人的氣息，他的周身，一個流光溢彩的金色旋渦緩慢地旋轉着。

而尤古卡的周圍分立着幾撥人，正是那些被獵霸令召集而來的賞金獵人，確切來說是帝奇的兄弟姐妹們。

「這圖案的輪廓……這個站位……天哪！」賽琳娜倒吸一口涼氣，「這是一個古老的煉金術陣！太驚人了，我從來沒見過這麼巨大的煉金術陣，而且還是用這麼古怪的植物布局而成的！」

「那些賞金獵人的站位非常講究，他們的位置分別代表飛舞在春末夏初夜空的巨龍，寒冬早春天空中的朱雀，深秋初冬躍出的猛虎以及夏末秋初銀河中的龜蛇，也就是最為神祕的古老傳說中的四象——蒼龍、朱雀、白虎和玄武！」

黑鷺導師看出了一些端倪，「而尤古卡所處的位置則是代表一切的初始，那裏既象徵着混沌也象徵着秩序！」

「呃……」餃子緊張地按住臉上的面具，這煉金術陣中所蘊含的力量十分強大，讓他額頭上的天目隱隱作痛。

這是成為怪物大師的必經之路!!!

尊敬的讀者：現在你跟隨布布路一起踏上了成為怪物大師的道路！向所有的困難發起挑戰吧！

同伴默契度測試

你知道以下哪一種不是水精靈的招數嗎？

A. 六面冰凌盾
B. 治癒之雨
C. 水影幻象
D. 炙熱水氣球

答案在本頁底部，答對得5分，你答對了嗎？

■即時話題■

賽琳娜：帝奇，我記得你說過，從小到大沒看到尤古卡笑過，更沒看到他哭過，不過這次在琅晟你都看到啦！

帝奇：大哥沒在琅晟啊！

餃子：大姐頭的意思是，既然尤古卡他祖宗和他長得一模一樣，那麼只要看過他祖宗的表情變化，就等於是看過尤古卡的笑和哭了。

帝奇：胡說，這不一樣！

黑鷺導師：我明白帝奇的意思，如果有人說我祖宗長得和我那面癱哥哥一樣，只要看過我祖宗的表情變化，就等於是看過我哥的笑和哭了，我也沒辦法接受……那是氣質問題。

布布路：哦，我懂了，黑鷺導師的意思是白鷺導師是面癱，尤古卡也是面癱！

帝奇：胡說，大哥才不是面癱！他只是沒甚麼表情變化！

其他人：……

完成這個測試後，你可以鑒定自己與四位主角的默契程度。
測試答案就在第十四部的 215 頁，不要錯過哦！

答案：D

新世界冒險奇談

第十九站 STEP.19

王座前的戰鬥

MONSTER MASTER 13

親友護法

誰也没想到，駭人的血魂果樹竟然排成了一個巨大的煉金術陣，黑鷺導師說尤古卡所處的位置既象徵混沌也象徵秩序，那他究竟想幹甚麼呢？

眾人大惑不解之際，聖傑曼不知從哪裏竄了出來，氣急敗壞地大喝道：「尤古卡！你這麼做會毀了我們這麼多年的苦心經營！你瘋了嗎？」他用手杖往地上一撐，爆發出與年齡不符的速度，直向陣中的尤古卡衝去。

突然，一條鋼鞭赫然纏到了聖傑曼的脖子上！一個身影無聲無息地出現在聖傑曼身後：「別動，聖傑曼！」

讓布布路他們大跌眼鏡的是，攔住聖傑曼去路的竟然是繆拉！

「是你？」聖傑曼頭也不回，毫無懼意地獰笑道，「繆拉，沒有我的解藥，你活不了幾天！」

「就算是死我也得帶上你！」繆拉沉聲威脅。

甚麼解藥？甚麼死？他們話裏的意思是……聖傑曼和繆拉的對話讓布布路他們大吃一驚。黑鷺導師示意大家先按兵不動，靠近先看看情況。

就在這時，不可思議的一幕發生了——

「就憑你——」聖傑曼的手不屑地在空中一揮，原本牢牢纏住他的鋼鞭竟然如同魔術一般滑落了下來，而繆拉身上開始冒出濃密的黑霧，那團黑霧唰的一聲騰空而起，湧向聖傑曼的背部。

黑霧在他身體四周張牙舞爪地擴張膨脹，竟然幻化成一隻樣貌詭異猙獰的黑狐。黑狐張牙舞爪擺出攻擊的姿勢，身上哧哧向外冒着黑霧，漆黑的眼洞連一絲反光都沒有，那種深邃的黑暗彷彿能將一切光明吞噬殆盡。

繆拉一臉驚恐地看着這一切，來不及做出任何反應，或者說她根本就動彈不得。

「沒有我給你的力量，你甚麼都不是啊，黑夜叉繆拉。」

聖傑曼冷冷地說，他的瞳孔中沒有一絲情感。

聖傑曼用手慢慢地掐住繆拉的脖子，同時看向陣中的尤古卡。「你準備就這樣無情地看着她死去嗎？」

被死死掐住脖子的繆拉無法呼吸，眼看就要窒息。

「我們要救她！」布布路加快腳步，準備衝上去救人，但有人搶先了一步！

聖傑曼背後傳來一股巨大的殺氣，他本能地回頭，身後卻甚麼也沒有，與此同時，他掐住繆拉的那隻手一麻，一股巨大的衝力從側面而來！

那人竟然是剛剛還在尤古卡身邊護法的罡風．雷頓——帝奇的二哥，他是兄弟中最為豪爽也是最孔武有力的一個！

只見罡風雙手同時發力，勁道貫透雙臂，以爪為拳，拳勢兇猛猶如猛虎飛撲而來。聖傑曼氣定神閑地鬆開掐住繆拉的那隻手，側身一閃。他轉了個身剛想從另一側反擊，頭頂上暴雨梨花一般落下密集的暗器讓聖傑曼只好再退後幾步。

一輪攻勢過後，聖傑曼雖毫髮未傷，但罡風．雷頓順利地攙扶着繆拉站到了遠處。

而個子最矮小的團子頭小妹妹站了出來，她笑眯眯地說道：「大哥正在壓制幻蚕，任何想阻止他的人都不准接近煉金術陣半步。」

「只有讓幻蚕甦醒，我們夏爾那家族才能重振往昔的雄風啊，我們不是都說好了嗎？」聖傑曼眼中火星迸射，怒不可遏地嘶吼起來，「你這個叛徒，夏爾那家族的恥辱！」

「你雖然身為夏爾那家族的後人，但你並不完全瞭解幻蜃，也根本不知道它有多麼危險恐怖！」金色旋渦中的尤古卡終於開口了，他目光平靜地望着暴跳如雷的聖傑曼，一字一頓地說，「如果喚醒了幻蜃，夏爾那一族就成了整個琉方大陸……不，整個藍星的罪人！」

「我不瞭解幻蜃？哈哈哈！」聖傑曼像是聽到了天大的笑話，原本怒睜的雙目此刻充滿了血絲，顯得更加猙獰，他歇斯底里地怪叫道，「我窮盡一生調查和研究幻蜃，尋找讓夏爾那家族崛起的辦法！還輪不到你這個臭小子來質疑我！」

「其實，霍克爺爺甚麼都知道……我五歲那一年，爺爺就親口告知了我的身世，以及夏爾那一族的歷史。」尤古卡的眼中浮現出深深的懷念之情，沉聲開口道，「幻蜃，它並非夏爾那家族的怨念和詛咒催生而成的怪物，而是四百年前那場悲劇後的意外產物……正因為是意外催生的生物，所以它根本沒有規律可循。它不會聽任何人的指令，只會不停吞噬它能接觸到的一切東西，最終讓世間萬物都成為它身體的一部分……」

「危言聳聽！」聖傑曼氣急敗壞地叫道，「你一定是被霍克·雷頓那隻老狐狸給騙了！尤古卡，現在，我以夏爾那一族當家人的身份命令你，趕緊離開祖先留下的煉金術陣！」

餃子沉吟道「：難道這座血魂之果森林……就是當年夏爾那家族的宅第所在之處？」

「啊？也就是說，這個煉金術陣，就是『佈局者』夏爾那一族所留下的非常厲害的陣法嘍？」布布路激動得瞪大眼睛。

「雖然還不太明白發生了甚麼，但是看來尤古卡並不是一個十惡不赦的人。」賽琳娜抬頭看看半空中越來越大的金色旋渦。

「這到底是怎麼回事？尤古卡先生，既然我們都已被捲入其中，我想你有必要告訴我們真相！」黑鷺導師顯然已經褪去了不少對尤古卡的敵意。

荊棘的王座

尤古卡的目光掃過眾人，最終停留在帝奇身上，他聲音低沉地說道：「我現在已經沒有時間和你們解釋這些事情的來龍去脈，幻蜃的甦醒已經是無法避免的了，現在能遏止它的人只有我了。我要用自己的血，逆向開啟夏爾那家族的煉金術陣，製造出一個最高境界的『場』，把幻蜃的意識吸進去，讓它永久地消散，但這個逆向開啟的『場』恐怕我也無法駕馭，能否全身而退最終只能憑運氣，所以……帝奇，現在我要把雷頓家族託付給你這個真正的繼承人！」

突如其來的託付有如一記驚雷，落到帝奇頭頂，他難以置信地望着金光籠罩下的大哥。

「帝奇，你知道嗎？所謂王座，會讓坐上去的人看上去高人一等，讓大家誤認為這是地位與權力的象徵。但只有真正的王者才知道，王座是由荊棘編織而成，端坐王座之人必須為了保護他人而獻上自己的一切！所以王座的真正意義是為了保護所愛的人而存在的。是當災禍降臨時，為大家抵擋一切而存在的！帝奇，銘記於心吧！穿過那條鋪滿荊棘的路，用力量來捍衛王座，用生命來守護最愛，王座並不是最重要的，最重要的是守住心中所愛。」

說完這番話，尤古卡的嘴角浮現出一抹從未有過的釋然笑意，然後，他轉過身，縱身跳進那團高速旋轉的金色旋渦之中！

與此同時，一道金光閃過，巴巴里金獅昂首站在帝奇身邊，他們的心靈聯繫瞬間恢復了。

尤古卡哥哥這是在交代遺言嗎？帝奇腦海中一片空白，甚麼都不能思考，唯一剩下的念頭就是 —— 他不要失去尤古卡哥哥！

「笨蛋，這個時候還不乖乖地回答一句，『是的，我記住了』！」煉金術陣中，帝奇的姐姐恨鐵不成鋼地吼道。

「哥哥果然不是真心想廢除帝奇……」帝奇的另一位光頭哥哥一副安心的口吻。

「哼，我就知道大哥最喜歡的是帝奇！」帝奇的小妹妹語帶醋意地哼哼道。

「哥哥……別擅自決定一切啊！」帝奇大喊，他的眼中緩緩地流下兩行淚水。

尤古卡抬起雙臂，一縷血霧從他的手臂緩緩地溢出來，在空中形成無數的血珠，血珠凝結成一顆血球，血球落到夏爾那一族古老而巨大的煉金術陣上，霎時間，整個煉金術陣都沸騰了！

沙沙，沙沙！

一顆顆血魂之果劇烈地抖動着，釋放出令人窒息的妖香，那香氣在空氣中瀰漫，聚攏成一個個恐怖而猙獰的影子，它們張牙舞爪，惡狠狠地撲向尤古卡。

「哦……」尤古卡的身軀不停地被血魂之果幻化出的氣霧穿透，那氣霧中裹挾的寒意不斷地侵蝕着他的五臟六腑，但尤古卡卻一臉平靜，彷彿所有的痛苦都不存在，高舉的雙手不停地轉動，竭盡所能地集中注意力，運轉着環繞着他的「場」。

賞金獵人們也紛紛閉上眼睛，他們旺盛而又強大的生命力正化成金色的光芒匯聚到金色的旋渦之中，尤古卡手中的「場」正不斷地壯大，不斷地完善，不斷地吞噬着幻蜃。

「豈有此理，誰也別想阻撓我的計畫！」聖傑曼發出一聲憤

怒的咆哮，他的背後騰起了一隻樣貌詭異的黑狐！

「現在是大家的生死關頭，若是煉金術陣半途被打斷，不僅是『場』無法完成，更可怕的是幻蜃有可能會立刻甦醒，那樣的話所有人都將會性命難保！」賽琳娜心急火燎地喊道，「我們絕不能讓聖傑曼來破壞陣勢！」

布布路和餃子捏緊了拳頭，攔在了聖傑曼面前。

「不，這一次，必須由我親手來打倒他！」帝奇冷靜地從布布路和餃子中間走了出來，他的周身激蕩出洶湧的戰氣，如同無數條奔騰的巨龍在空中咆哮。

哥哥說得沒錯，那煉金術陣和金色旋渦之中全都是他重要的家人，所以這次要由他來守護，這是他的戰鬥！

宿命的對決，金獅對黑狐

「地獄無盡的紅蓮之火啊，守護你忠實的信徒吧！幻影冥狐，暗焰強襲！」聖傑曼口中念念有詞，意志力和戰鬥力都燃燒起來，他明白成敗就在此一舉了。

「嘶嘶 ——」得到指令的黑狐齜着嘴露出鋒利的尖牙，它弓着背，呼吸越來越粗重，濃密的黑煙從它的口中冒出，而幾股從它嘴角流出的發着暗紅光芒的黏稠口水滴落在地上，將地面灼燒得哧哧作響，不消幾秒地面就被燒化出一個小洞！

只見黑狐猛地深吸了一口氣，然後將口中大量暗紅色如灼熱巖漿般的物質吐向地面，那些高熱物質瞬間就熔化了表層地面，隱沒於地下，消失了。

帝奇冷靜地觀察着對手的一舉一動，他知道敵人真正的進攻現在才開始。

帝奇感到周身地下傳來數股輕微的震動，短短一瞬間，帝奇就看透聖傑曼的戰術，「暗焰強襲」這一招雖然威力強大，但速度卻太慢，聖傑曼希望先用佯攻將帝奇逼入一個退無可退的角落，再進行終結擊殺。

對於原本十分瞭解帝奇的聖傑曼而言，這樣的謀略應該很容易奏效，但是聖傑曼忽略了一個重要的因素，他不知道帝奇被尤古卡送回過去和爺爺在無神坊經歷了差不多一年之久的對戰練習，現在帝奇的速度、力量、反應和意志力都磨煉到了極致，加之琅晟古國的一役，帝奇的內心更是變得前所未有的強大！而世間所有戰術都是建立在這些基礎的身體要素之上的。

僅花了一秒，帝奇就想到了一個非常大膽的應敵策略。帝奇知道聖傑曼老謀深算，加上黑狐的隱匿能力，如果他想逃跑幾乎沒有人可以追上，要擊敗他的唯一辦法就是，讓聖傑曼和黑狐徹底認為自己勝券在握，準備全力使出自己的最強一擊，在那一瞬間也正是他們防禦最薄弱的時候。

因此，帝奇假意無法對從身後包圍他的暗焰做出正確的預判，而是被困其中，擺出一副已是甕中之鱉的假像。

果然，看到帝奇如自己計畫的一樣被暗焰困住，只有正面一條生路，聖傑曼和黑狐便正面迎了上來。

聖傑曼惡狠狠地說道：「老夫這次要親自幹掉雷頓家族的繼承人！暗焰強襲！」

收到指令的黑狐將嘴咧到耳根，露出了一個極其詭異怪誕的笑容，粗重的呼吸變得急促起來，肺部大量的暗焰物質聚集起來，準備一口氣朝着帝奇傾瀉而出。

頓時，四周的空氣彷彿燃燒起來，帝奇感到口乾舌燥，他明白還擊的時機馬上就要到了。

聖傑曼似乎已經看到了勝利女神的微笑，他怪笑道：「不用掙扎，你不會有任何痛苦，你的生命將會在一瞬間被奪走！」

帝奇閉上眼睛，他腦海中浮現出尤古卡十多年來為自己所做的一切：

在一次次嚴苛的格鬥訓練中，每每到了最後，哥哥都會和自己一同累倒在訓練場上；

當自己被關入無神坊悔過的時候，哥哥總是會偷偷地將充足的水和乾糧放進櫃子裏；

哥哥時常徹夜跪在爺爺的靈前，迷惘地問爺爺，自己是不是對帝奇太嚴厲了；

每當自己高興的時候，哥哥也會躲在角落裏暗自開心；當自己離家出走後，哥哥一個人辛苦地守護着雷頓家族；

面對無可挽回的危機，哥哥一步步為弟弟謀劃，幫助弱小的他變強，強大到足以穿越那條鋪滿荊棘的路，登上賞金王家族的王座；

最後，為了雷頓家族和為弟弟開創一個和平的未來，哥哥毫不猶豫地犧牲自己，開啟挽救一切的「場」……

當想到尤古卡被金色旋渦吞噬的那一幕時，帝奇終於忍不

住發出一聲淒厲的怒吼，緊閉的雙眼猛然睜開，大喝一聲：「獅王咆哮彈！」

一道金光閃現，金獅氣勢如虹地從帝奇身後衝了出來，一聲獅王怒吼，雷霆萬鈞一般的氣勢竟然嚇得黑狐生硬地把已

經到喉頭的暗焰全部都給吞了回去。沒有被釋放出去的大量高熱物質開始反噬黑狐，它難受得在地面上翻滾起來，口中流出如同巖漿一般的暗焰。

聖傑曼對突如其來的戰局變化，還沒有完全反應過來，帝奇又再次使出第二招 —— 暴雨流星！

如此近距離的密集暗器擲出，聖傑曼根本就沒有絲毫閃避的機會，被暴雨流星結結實實地正面擊潰。

「啊！」聖傑曼發出虛弱的呻吟，渾身無力地癱軟在地。

「嘎！」與此同時，傷痕累累的黑狐也虛弱地發出哀鳴。

帝奇和巴巴里金獅終於不辱使命，戰勝了聖傑曼·夏爾那和幻影冥狐。

「布魯布魯！」四不像不知從哪兒跳出來，指着聖傑曼，發出無情的嘲笑。

而在不遠處，在賞金獵人們和尤古卡的共同努力下，金色旋渦已經大得幾乎籠罩了整個暗黑森林，釋放出的金光將尤古卡的身形照耀得幾近透明，蘊含着史無前例的巨大能量的高級「場」終於形成了！

新世界冒險奇談

第二十站 STEP.20

尤古卡的真心

MONSTER MASTER 13

兄長的心意，沉甸甸的親情

轟轟轟，轟轟轟——

金色的旋渦在暗黑森林上空綻放，萬丈金光散落到每一個角落，幻蜃龐大的身軀在金光的照耀下，一寸寸地被吸入旋渦之中……

不知過了多久，籠罩在大地上四百年的暗黑森林消失殆盡，金色光芒也漸漸黯淡，回縮到渦眼中，在一束光線中，布布路他們看到了意識全無的尤古卡，他像穿着一身金色的外衣，如同一片風中的樹葉般，轉眼間就隨着金光一同被吸進了旋渦中。

與此同時，一道奇怪的白光一閃而過，瞬間融入收攏的渦眼中。下一秒，金光盡退，尤古卡拼盡一切製造出的「場」功成身退，徹底消失了。

「哥哥 ——」帝奇發出心肝俱裂的嘶吼。

罩住煉金術陣的結界消散了，帝奇的其他兄弟姐妹也都元氣耗盡，一個個像綿軟的紙片般癱倒在地。

四周光禿禿的，尖刺般的黑色植物不見了，只有帝奇的失聲痛哭響徹空曠的荒野。

「哥哥……」灼熱的液體從帝奇眼眶中溢出，浸滿他的胸膛，「我還有許多話沒來得及說啊！」

「尤古卡……到最後也是一個令人看不透的男人啊！」黑鷺導師喃喃地說道。

「你們想知道一切嗎？」聖傑曼落敗後，恢復自由的繆拉艱難地蹭到帝奇身邊，輕聲說，「請允許我來告訴你們吧。」

一片寂靜中，繆拉聲淚俱下地說出事情的始末 ——

作為琅晟古國文臣以及謀士的夏爾那家族擅長佈局之術，有着「佈局者」的稱號，「場」就是佈局術的一種。佈局之術，要依靠煉金術，還要對地理環境、氣候變遷和日月星辰的變化有着精准的預測能力。除此之外，夏爾那家族的人更擅長從死去的怪物體內提取出殘留的能量，作為增強陣局的重要力量來源。

四百年前，在夏爾那家族宅第的地下，專門有一座巨大的地宮，裏面停放的都是族人從各地搜集來的怪物屍首。為封存住提煉出的大量怪物能量，那座地宮本身就被佈局成一個

煉金術陣，只有用夏爾那族人的血才能維繫和操縱這個煉金術陣。

在遭到天子虎騎營血洗的那個晚上，震天的慟哭聲響徹山頭，遍佈宅第的鮮血滲入地宮，自行啟動了煉金術陣的陣局。被封存的無數怪物屍骨在迪諾不甘的詛咒之下，煉金術陣的平衡徹底被打破了，封存的能量意外地融合在一起，孕育出可怕的黑暗生物 —— 幻蜃。它吃得越多，身體越大，力量也越強，它貪婪地吞噬琅晟古國……令人慶幸的是，當時有一羣衣着古怪的異邦人，不知道是使用巫術還是甚麼對抗的煉金術，竟然降下了藍色的治癒之雨，讓幻蜃陷入了沉睡……

關於夏爾那家族和雷頓家族的淵源，這一切都被記載在雷頓家族祖傳的回憶錄上。

霍克·雷頓在見到尤古卡第一眼時，看到他那如地獄業火般的紅眸就明白了尤古卡是夏爾那家族的子孫，他認為這一定是宿世的緣分，因此對尤古卡視如己出，尤古卡也對爺爺充滿了敬仰和感恩之情。

帝奇出生後，尤古卡暗暗發誓，一定要好好照顧這個弟弟，這不僅是因為爺爺的託付，更是因為他真心喜歡這個弟弟，更由衷地希望雷頓家族的未來能越來越好。

愛之深則責之切，對帝奇的訓練，尤古卡表現得十分嚴厲，因為他希望帝奇能盡快成長、強大起來，肩負起繼承人的職責。

而聖傑曼對帝奇的照顧和關心讓尤古卡十分欣慰，因為自己和周遭人給予帝奇的都是莫大的壓力，終於有一個人能給帝奇一點溫暖，正因為這樣，尤古卡對聖傑曼也多了幾分關注和信任。

但一年前，在帝奇獨自離家去摩爾本十字基地參加招生後，聖傑曼卻向尤古卡坦白了自己的身份，並遊説尤古卡，夏爾那家族復甦的時機到了……

尤古卡心中不寒而慄，他本能地想要一口回絕這個毀滅性的可怕計劃，可他很快就從聖傑曼口中得知，聖傑曼已經將血注入煉金術陣，幻蜃的甦醒已經無可挽回了。於是，尤古卡只能假意和聖傑曼合作，協助他喚醒幻蜃，實際上卻在暗中向聖傑曼偷學製造「場」的能力。

幸運的是，尤古卡不僅流淌着夏爾那家族的血液，而且天資過人，僅用一年時間，他就學會了製造「場」。

在夏爾那家族的佈局術中，「場」分為三種：

第一種簡單的「場」，作用是存儲，憑空「蒸發」的政客們正是這種「場」轉移走的。聖傑曼對權力和財富充滿了執念，他誘惑政商名流們吃下血魂之果，為了保護那些人，尤古卡只好製造「場」將他們封閉起來，轉移到雷頓城堡的貴賓廳，保護在眼皮底下。

另一種較難的「場」是回溯歷史，即將現實中的人送到歷史中去。靠着這種「場」，尤古卡將帝奇送回到霍克·雷頓還活着的年代，也正因為在「場」中和爺爺進行的那場對戰，多年後，爺爺臨終前才會將繈褓中的帝奇定為雷頓家族的繼承人；也是靠着這種「場」，聖傑曼將布布路他們送回四百年前的琅晟古國，孕育出了雷頓家族的創始怪物——巴巴里金獅。聖傑曼本來是想置帝奇於死地，卻恰恰成就了這段歷史，可見，一切早已註定。

第三種「場」，就是尤古卡最後製造的高級「場」，這種場將存儲和回溯融合，它會製造出一個既不屬於過去，也不屬於現在，更不屬於未來的虛擬空間，而被存儲在虛擬空間裏的一切，將永無返回的可能。

尤古卡知道，一旦開啟了第三種「場」，自己也無法全身而退，所以一年來，他步步為營，苦心謀劃，為帝奇將一切都安排好，直到萬事俱備，他才親自去摩爾本十字基地，把帝奇帶回來……

「聖傑曼這個卑鄙的小人，他用一種祕藥控制了我，一年以來，為了聚斂錢財、控制政商名流，利用我做了不少卑劣的壞事。他雖然希望利用尤古卡實現他的野心，但他從一開始就不信任尤古卡，把我安插在尤古卡身邊，甚至告訴我，一旦他得手，就讓我解決掉尤古卡，因為聖傑曼一開始就沒有打算跟任何人分享勝利的成果。」繆拉唾棄地看着不能動彈的聖傑曼，沉聲說，「但是，尤古卡大人發現了我的苦衷，他不但不責怪我，還暗中幫我治療，減輕我的痛苦，我雖然犯下過許多錯誤，但是我的良心沒有泯滅，所以，我決定誓死效忠尤古卡大人。」

驚喜回歸，與眾不同的黑暗潛行者

得知了尤古卡所做的一切，布布路他們內心充滿震撼和感動。

巴巴里金獅也用心靈感應的方式告訴帝奇：「帝奇，在全族的召集大會上，我站在尤古卡身邊，是因為我瞭解了他的心意，為了不讓聖傑曼起疑，我必須那麼做，抱歉了。」

「仔細想，那些政商名流的確是自己拿出財產雙手奉送的，並非尤古卡逼他們這麼做的，沒弄清楚就懷疑你哥哥，我們真是判斷失誤了……」黑鷺導師長長地歎了口氣。

「你哥哥真是個強大又勇敢的人！」布布路一把鼻涕一把淚地說。四不像大如銅鈴的眼睛裏也淚水直流，發出布魯布魯的怪叫，看起來不知道是想安慰帝奇還是想搞笑活躍一下氣氛。

「嗯。」帝奇視線被淚水模糊，然而眼神卻是前所未有的堅定，「哥哥的心意，我終於明白了，謝謝你為我做的一切，我不會再讓你失望了，只可惜，我不能讓你親眼看到。」

「不能親眼看到還真的有點可惜呢，所以我回來了。」一個聲音幽幽地從帝奇身後傳來。

帝奇猛地回過頭，在他身後說話的那個人是誰？布布路他們全都難以置信地瞪圓了眼睛，不可思議地看着帝奇的身後——空氣中像是憑空出現一副拉鍊般，赫然被拉出一道豁口，兩個人從那道小小的豁口中鑽了出來，那個肥碩、半邊臉長着黑色胎記的人顯然是白尾，而那個被白尾擠得滿臉臊紅的，竟是尤古卡！

「大……大……大……」這突如其來的重逢讓帝奇震驚得連大哥都叫不出來了。

「尤古卡大人！」繆拉激動得一下子從地上跳了起來，對於一個剛剛耗損掉全部元氣的人來說，這是絕對不可能的事，她撲到尤古卡胸前，熱淚滾滾，「太好了，我就知道您一定會回來！」

「喂，這位美麗的小姐，不如也抱抱我吧，要知道，你的尤古卡大人能平安歸來，可全是我的功勞啊！」白尾羨慕又嫉妒地在一旁搭訕。說完，他用手一抹臉，半邊臉上的黑色胎記竟變成半張面具。

「哇，白尾變臉了，你到底是誰啊？」布布路好奇地發問。

白尾帥氣地甩甩滿頭的亂毛，「瀟灑」而得意地說：「大家好，我是 DK2。我會負責把聖傑曼帶回去交給管理協會處理的！」

這個貌不驚人的胖子居然是黑暗潛行者排行榜上的第二把交椅 —— DK2！

幾天前，DK2 獨自潛入雷頓家族的領地尋找線索，布布路他們在暗黑森林中看到的飛行器就是他的。自我介紹完畢，DK2 一副自來熟地攬住尤古卡的肩膀，笑嘻嘻地說：「剛才幸虧我眼疾手快，在『場』消失前的最後一秒奮不顧身地跳進去救你，不過，咱們倆能活着從『場』中逃出來，還要多虧我的怪物真強大啊！哈哈，最重要的是我不忍心失去你這麼厲害的對手，因為我們這種高手都是寂寞的……」

布布路他們恍然大悟，原來「場」消失前閃過的那道奇怪的白光是 DK2 啊！

尤古卡根本不想搭理 DK2，而是一把從餃子腰間抽走那份退學申請書，撕個粉碎，然後目光灼灼地對帝奇說：「本來，

我想在這次事件後，就讓你正式接手繼承人的位置，但現在我改變主意了，也許讓你留在十字基地，和這羣同伴在一起，會是更有趣的選擇。」

「是啊，我會變得更強，不輸給兄長的！」帝奇信心滿滿地說。

「你好像有了嘛，繼承人最後一個條件 —— 就是自信啊！」尤古卡破天荒地露出笑臉，在其他兄弟姐妹目瞪口呆的表情中，帝奇和尤古卡相視而笑。

「我還有一個問題！」布布路湊到備受冷落的 DK2 身邊，好奇地問，「你的怪物到底叫甚麼呀？」

「笨蛋，我剛才不是都告訴你了嗎？」DK2 鄙視地看着布布路，大聲回道，「我的怪物就叫『真・強大』呀！」

黑暗潛行者真的是按實力的強弱來排名的嗎？布布路他們深深地困惑了。

尾聲

雷頓家族的族人有條不紊地對城堡進行修復工作；繆拉則神不知、鬼不覺地把那些政商名流送回各自的家中，科娜洛導師配製的專門針對「血汗飢渴症」的靈藥也開始在藍星各地的藥店上市了；DK2 將聖傑曼押送到怪物大師法庭，接受應有的制裁；帝奇和同伴們重返十字基地，家裏的事情依然要勞煩尤古卡代為管理……

時間一晃過去好幾天，這天是基地的休息日，帝奇一個人在宿舍裏看着今天《新琉方日報》上的頭版新聞：

據悉，不久前被神秘人送回各自家中的政商名流們，如今都已陸續恢復健康，不過他們都不肯説出失蹤期間發生的事，反而口徑一致地對外表示，從今以後要多為百姓做善事，無私地為民服務，做個光明磊落的人。

關於「血汗飢渴症」事件的無故銷聲匿跡以及政商名流們的異常舉動，目前還在進一步調查之中。

帝奇剛合上無趣的報紙，宿舍的門就被拍得山響。布布路在門外豪放地大叫着：「帝奇，快點出來啊，就等你一個人了！」

「吵死了！」帝奇哭笑不得地站起來，決定犧牲形象，陪布布路這個多事的傢伙一起去參加今天在北之黎舉辦的大胃王比賽。

【第十三部完】

這是成為怪物大師的必經之路!!!

尊敬的讀者：現在你跟隨布布路一起踏上了成為怪物大師的道路！向所有的困難發起挑戰吧！

同伴默契度測試

Q10 布布路他們曾經與以下哪個黑暗潛行者接觸過？

A. DK1
B. DK7
C. DK13
D. DK38

答案在本頁底部，答對得5分，你答對了嗎？

■即時話題■

布布路：你們覺得 DK2 的怪物真．強大的能力是甚麼？

餃子：嗯，也許和他之前自稱白尾時拿出來的那個寶貝有關係，能夠複製其他怪物的能力？不過黑鷺導師說值得注意，果然是有先見之明啊！

帝奇：我哥說，比起怪物的名字，DK2 的真名更奇葩！

賽琳娜：叫甚麼？不要告訴我叫真．肥胖！

帝奇：不是真．肥胖，但也差不多，聽說是叫真．英俊！

其他人：這名字……差很多好不好！

完成這個測試後，你可以鑒定自己與四位主角的默契程度。
測試答案就在第十四部的 215 頁，不要錯過哦！

答案：D

喚醒亡者是禁忌之術，
違背天道必將受到懲罰！

『甦醒的不死軍團』

無數黑色的亡靈之花搖曳着，如同一條通向無盡黑暗的地毯，讓人隱隱有種不祥之感。

第十四部
《邪惡暗影中的迷失者》

這一天，被稱為惡魔之子的幸運日，布布路竟然代替獅子堂站到了精英隊中！

他們即將前往大名鼎鼎的威爾榭基地，參加一年一度的學園祭。

然而這次新組合的新任務真能如大家所言般，是觀光旅遊、吃喝玩樂的好事嗎？

下部預告

藍威爾榭基地裏，最近怪事連連！
預備生們夜晚像集體夢遊似的睡到了垃圾堆，
他們不僅失去前一晚的記憶，
更不約而同地做了一個奇怪的夢——
夢中出現了一條不存在的河流！
布布路和精英隊連夜探查，重重險惡如影隨形。
檔案室的記錄遭人撕毀，懸崖上竟然藏着一副空棺木！
這一切似乎都與百年前的基地怪談密切相關……
繼承魔笛的少年，吹響了鎮魂之音！
被封印的夢境中，真相步步接近，
在黑暗陰影的另一邊等待着他們的是……
讓心跳加速的大冒險，一切都是為了守護最重要的人……

「怪物對戰牌」暗戰版使用說明書

Monster Warcraft

基本資訊：單冊附贈 8 張卡牌。為 1 — 12 部怪物對戰卡牌集的擴充包。
遊戲人數：2 人以上　遊戲時間：5 — 20 分鐘

GAME START 成為『怪物大師』就要憑實力！
來場精彩的雙人對戰吧！洗牌開始！

——「怪物對戰牌」暗戰版規則——

【基礎牌組列表】

1. 人物牌：12 張
2. 怪物牌：12 張
3. 基本牌：4 張
4. 特殊物件牌：4 張

附件：單冊附贈 8 張卡牌

【遊戲目的】

遊戲開始前，玩家需將自己的人物牌暗置，遊戲進行當中，當一名角色明置人物牌確定勢力時，該勢力的角色超過了總遊戲人數的一半，則視他為「黑暗潛行者」，若之後仍然有該勢力的角色明置武將牌，均視為「黑暗潛行者」。「黑暗潛行者」為單獨的一種勢力，與怪物大師管理協會和食尾蛇組織的兩大勢力均不同。他(們)需要殺死另外兩大勢力，才能成為勝利者。

當以下任意一種情況發生，遊戲立即結束：

兩大勢力鬥爭時，一方勢力死亡，則另一方獲勝。出現第三方勢力之後，則需另外兩方勢力全部死亡，剩下的第三方才算獲勝。

【遊戲規則】

1. 將人物牌洗混，玩家抽取一張人物牌，並將人物牌背面朝上放置（即暗置）。處於暗置狀態下的人物牌均視為 4 點血量值，其組合技能和個人鎖定技均不能發動，明置之後，才可發動，血量存儲也恢復到牌面顯示的值，已扣掉的血量不可恢復。

2. 將怪物牌洗混，玩家抽取一張怪物牌，確定自己所擁有的怪物。
將怪物牌置於暗置的人物牌的上面，露出當前的血量值。（扣減血量時，將怪物牌右移擋住被扣減的血量值。）

3. 將基本牌、元素晶石牌、特殊物件牌等洗混，作為牌堆放到桌上，玩家各摸 4 張牌作為起始手牌。

4. 遊戲進行，由年齡最小的玩家作為起始玩家，按逆時針方向以回合的方式進行。暗置的人物牌只有兩個時機可以選擇明置：
◆回合開始時。
◆瀕臨死亡時。

5. 確定先出牌的玩家從牌堆頂摸 2 張牌，使用 0 到任意張牌，加強自己的怪物或者攻擊他人的怪物。但必須遵守以下兩條規則：
◆ 每個出牌階段僅限使用一次【攻擊】。
◆任何一個玩家面前的特殊物件區裏只能放一張特殊物件牌。
每使用 1 張牌，即執行該牌上的屬性提示，詳見牌上的說明。遊戲牌使用過後均需放入棄牌堆。

6. 在出牌階段，不想出或沒法出牌時，就進入棄牌階段。此時檢查玩家的手牌數是否超過當前的人物血量值（手牌上限等於當前的人物血量值），超過的手牌數需要放入棄牌堆。

「怪物對戰牌」暗戰版使用說明書

Monster Warcraft

基本資訊：單冊附贈 8 張卡牌。為 1 — 12 部怪物對戰卡牌集的擴充包。
遊戲人數：2 人以上　　遊戲時間：5 — 20 分鐘

—— 「怪物對戰牌」暗戰版規則 ——

7. 回合結束，下一位玩家摸牌繼續進行遊戲。

8. 判定的解釋：摸牌階段時，對要進行判定的牌需要進行判定，翻開牌堆上的第一張牌，由這張牌的顏色來決定判定牌是否生效。

9. 怪物牌翻面的解釋：在輪到玩家的回合開始前，若是你的怪物牌處於背面朝上放置的狀態，請把它翻回正面，然後你必須跳過此回合。

10. 若遊戲未分出勝負，但牌堆的牌已經摸完，則重新將棄牌堆的牌洗混後，作為牌堆繼續使用。當所有場景牌用完之後，需要重新洗一遍場景牌，建立新的場景牌堆。

【怪物卡牌一覽表】

怪物名稱	卡版	屬性等級	獲得方式
大聖王（十影王版）	閃鑽卡	S 級	再版附贈
風隱	閃鑽卡	A 級	再版附贈
泰坦巨人（覺醒版）	閃鑽卡	S 級	再版附贈
巴巴里金獅（家族守護版）	閃鑽卡	A 級	再版附贈
四不像	普通卡	D 級	隨書附贈
水精靈	普通卡	D 級	隨書附贈
藤條妖妖	普通卡	D 級	隨書附贈
巴巴里金獅	普通卡	C 級	隨書附贈
金剛狼	普通卡	B 級	隨書附贈
一尾狐蝠	普通卡	B 級	隨書附贈
魔靈獸	普通卡	A 級	隨書附贈
泰坦巨人	普通卡	S 級	隨書附贈
蒼赤虎（影子版）	普通卡	C 級	隨書附贈
花芽獸（影子版）	普通卡	C 級	隨書附贈
龍膽（影子版）	普通卡	B 級	隨書附贈
露姬兔（影子版）	普通卡	D 級	隨書附贈
大聖王	普通卡	B 級	隨書附贈
九尾狐	普通卡	D 級	隨書附贈
騎士甲蟲	普通卡	D 級	隨書附贈
惡魔酷丁	普通卡	D 級	隨書附贈
塞隆鼠	普通卡	B 級	隨書附贈
帝王鴉	普通卡	A 級	隨書附贈
帕米魯格	普通卡	A 級	隨書附贈
般若鬼王	普通卡	A 級	隨書附贈
水精靈（升級版）	普通卡	B 級	隨書附贈
大紅武章	普通卡	B 級	隨書附贈
克林姆林	普通卡	A 級	隨書附贈
鎖鏈魔神	普通卡	A 級	隨書附贈

怪物名稱	卡版	屬性等級	獲得方式
藤條妖妖（升級版）	普通卡	B 級	隨書附贈
地獄犬	普通卡	B 級	隨書附贈
幻影魁偶	普通卡	A 級	隨書附贈
饕餮	普通卡	? 級	隨書附贈
幻影冥狐	普通卡	A 級	隨書附贈
庫嚕嚕	普通卡	B 級	隨書附贈
梅菲斯特	普通卡	B 級	隨書附贈
金牛座普	通卡	A 級	隨書附贈

GAME START 成為『怪物大師』就要憑實力！
來場精彩的雙人對戰吧！洗牌開始！

Note 無天良 爆笑時間

編輯部特別獻禮『怪物大師』中鮮為人知的小番外小趣味！爆笑登場！

「怪物大師」四格漫畫小劇場

Comic Theater

Comic：李仲宇／Story：黃怡崢

「怪物大師」四格漫畫小劇場

Comic Theater

Comic：李仲宇／Story：黃怡崢

編輯部特別獻禮『怪物大師』中鮮為人知的小番外小趣味！爆笑登場！

MONSTER MASTER
Especially written for kids aged 9-14

特別企劃·第五期偵查報告
【這裏，沒有祕密】

讀者來信問題大盤點，全面解析怪物大師的世界。

Q1. 餃子為甚麼要留長辮子？
答：因為他喜歡長辮子的造型啊！另外，長辮子還可以當武器……嗯，你應該多次在書中看到餃子甩着他的長辮子的活躍行動！

Q2. 雷叔為甚麼沒有說布布路的媽媽是誰？
答：別急，等雷叔慢慢發展故事情節，終有一天會說到布布路的媽媽的事。其實小編也很迫切地想知道答案啊！

Q3.「怪物大師」第十部中 181 頁圖中的水精靈怎麼是 D 級形態？而且 142 頁水精靈在 C 級形態的基礎上又進化了是怎麼回事？
答：水精靈是元素系怪物，相較於物質系和超能系，元素系怪物的外貌形態並不那麼固定，或者說形態的呈現和它所發揮的力量直接掛鈎。142 頁中的水精靈在融入了賽琳娜體內的水之牙的力量後，就如同受到了水元素始祖怪的加持，自然爆發出超凡絕俗的力量！而當這份力量用完之後，水精靈就和它的主人賽琳娜一樣近乎「油盡燈枯」，因此缺失戰鬥力的它在 181 頁變成了 D 級形態的模樣，連之前進化後 C 級形態都無法保持，可見之前發揮水之牙能力的賽琳娜和水精靈為了保護大家都很拼呢！

Q4. 希望「怪物大師」能製作成動漫，讓更多的人看到，然後喜歡！
答：感謝讀者的厚愛，我們正在考慮製作中。

Q5. 我好希望過不了多久，戈林就會升職加薪，當上侍衞長，出任 CEO（塔拉斯的），迎娶餃子大哥，走向人生巔峰！雷叔，你覺得我的想法怎麼樣？
答：被你這麼一說，再認真想一想，現在還有點小激動！

Q6. 十影王之一摩羯的全名真的叫「獅子摩羯」嗎？
答：摩羯是個十分神祕的人物，除了這個稱號之外，目前我們對他的一切，包括全名都一無所知，所以請靜心等待雷叔在以後出版的書中的解惑。

CREATED BY LEON IMAGE
monster master

Staff
製作團隊

【總策劃】
宋巍巍
Vivison

■ 執行
趙 婷
Mimic

■ 文字
黃怡崢
Miya
谷明月
Mavis

■ 插圖
孫 東
Sun
李仲宇
LLEe
周 婧
Qiaqia

■ 色彩
蔣斯珈
Seega

■ 灰度
李禎稜
Kuraki
葉偲遜
Yesty

■ 設計
丁 果
Vin

CREATED BY LEON IMAGE

Love & Dreams
MONSTER MASTER

[雷歐幻像]作品
LEON IMAGE WORKS

□ 責任編輯：關巧碩
□ 裝幀設計：高　林
□ 排　　版：時　潔
□ 印　　務：劉漢舉

怪物大師
——幻惑的荊棘王座

□
著者
雷歐幻像

□
出版
中華教育
香港北角英皇道 499 號北角工業大廈一樓 B
電話：(852) 2137 2338　傳真：(852) 2713 8202
電子郵件：info@chunghwabook.com.hk
網址：http://www.chunghwabook.com.hk

□
發行
香港聯合書刊物流有限公司
香港新界大埔汀麗路 36 號
中華商務印刷大廈 3 字樓
電話：(852) 2150 2100　傳真：(852) 2407 3062
電子郵件：info@suplogistics.com.hk

□
印刷
美雅印刷製本有限公司
香港觀塘榮業街 6 號 海濱工業大廈 4 樓 A 室

□
版次
2017 年 4 月第 1 版
2018 年 5 月第 1 版第 2 次印刷

□
規格
32 開 (210 mm × 140 mm)

□
書號
ISBN：978-988-8463-41-1

本書經由接力出版社獨家授權繁體字版
在香港和澳門地區出版發行